遠景マーナ美容室

津木林 洋

文藝春秋企画出版部

亡き母に捧ぐ

遠景マーナ美容室

◉

もくじ

遠景マーナ美容室

ある死

昭和五十一年四月十日午前六時五分、父が死んだ。死因はS字結腸癌である。六十三歳だった。

その前年の十月二十九日の朝、ぼくは母から電話を受けた。ぼくはそのころ名古屋にいて、大学卒業後も定職につかず、アルバイトをしながら何とか食っていた。金がなくなればバイトをし、金がたまればバイトをやめるといった生活を続けていた。

母の電話は、父が腹の痛みで階段からころげ落ち、入院したというものだった。ぼくは別に驚きもせず、ふんふんと聞いていた。母の初めのニュアンスから、ぼくは階段から落ちたという部分に重点を置いてしまったので、入院の原因が腹の痛みのほうだということが、なかなか呑み込めなかった。母が、癌かもしれないのよと言ったときも、まさかとは言ったものの、そう大して驚きはしなかった。母の言い方が、内緒話をするときのように、楽しそうに感じられたからだ。母もぼくも、そんなことはあり得ないと思っていたからだろう。

ぼくはすぐに大阪に帰った。幸いどこにもバイトに行っていなかったので、その点気が楽だった。

家に帰り着いたのは、正午過ぎだったが、誰もいなかった。店のシャッターは閉まっていたが（母は美容室をやっている）、勝手口が開いていたので、ぼくはてっきり誰かいるものと思っていた。少なくとも祖母はいるだろうと二階に上がってみたが、やはり留守だった。ぼくは何だか嫌な予感がした。

一時間ほど経って、母と兄が帰ってきた。路地を誰かが泣きながらやってきたので、誰だろうと勝手口を見たら、母が入ってきたのだ。それを見て、ぼくは、ああ、癌だったんやなとすぐにわかった。

「まさか自分の家で、こんなことになるなんて、何か芝居を見てるみたいやなあ」

兄がちょっと呆れた口調でそう言った。それはぼく自身にとっても、あまりにぴったりとした言葉だったので、逆に反発を覚えたほどだった。

祖母はさらに一時間後に帰ってきたが、近くの神社に父の快癒祈願に行ってきたということだった。祖母には父の病名は伏せておくということになった。

母は看護婦詰所に呼ばれて、婦長から最初にこう言われたそうである。

「奥さん、これから私が言うことを気をしっかりと持って聞いて下さいね」

それを聞いただけで、顔から血の気が引いて、その場に坐り込んでしまいたかったと母は後で語った。


翌日、午後一時から手術が行われた。五時間かかると聞かされていたが、終わったのは三時過ぎだった。スピーカーで名前を呼ばれたとき、ぼくはあわてた。手術の終わるころに母と替わる予定でいたから、何の心づもりもしていなかったのだ。

看護婦詰所に顔を出すと、草色の手術服に手術帽という五十がらみの医者が奥から現れた。そして、すでに手遅れで患部を摘出できなかったこと、腸閉塞の部分をはさんで消化物が通るようにバイパスを作ったことなどを簡単に説明した。聞きながら、ぼくは足が地につかなくなるのを覚えた。大勢の人間の前にいきなり立たされた感じだった。それに、耳に膜がかかったように、医者の声が遠くに聞こえるのだ。

医者の説明が終わって、ぼくは何か言わなければいけないとあせった。何をどう言ったらよいのか、言葉が頭の中でこんがらがっていた。

「あとどれくらいですか」

思わずそう訊いてしまった。自分でもはっとしたが、どこか他人がしゃべっているような、あるいは劇中で科白《せりふ》をしゃべっているような感じがした。医者は、ん？　という顔をしたが、すぐに同じ調子で、半年から一年であることを告げた。

礼を言って看護婦詰所を出て、ぼくは家に電話をした。母が出た。ぼくは医者の説明を伝えた後、「あと半年から一年の命やて。先生がそう言いはったわ」と言った。一呼吸沈黙があってから、「わかりました。すぐ行きます」と母が答えた。

母と入れ替わって、ぼくは家に帰り、夕食をすませた。八時過ぎに母から電話があり、父が回復室から戻ってくるということだった。病院に行ってみると、父はまだ戻っていなかった。病室は六人部屋で、父のベッドは左側の真ん中だった。九時に病室の蛍光灯が消され、枕許《もと》の明かりだけになった。

ほどなく父が戻ってきた。男の看護人二人が移動寝台から、父を抱えてベッドに移し、看護婦が点滴びんをスタンドにつり下げた。父は貫頭衣のようなぺらぺらの服一枚で、その下は素っ裸だった。しきりに体を震わせていた。麻酔から完全に覚め切っていないのか、うわごとのように、寒い、寒いを連発した。毛布と蒲団をかけると、母は服の下に手を入れて父の体をさすり始めた。ぼくがためらっていると、「早く、さすりなさい」と母が叱った。恐る恐る手を入れて、肌に触れた。父の体は冷え切っていた。素早く手を動かすと、腹部に巻かれた包帯に当たった。父が唸《うな》った。ぼくはびっくりして手を引っ込め、それからまた手を入れると、今度はゆっくりと動かした。

　夏に帰ったとき、父がうれしそうに、「検査の結果、ポリープやったんや、癌と違って、ほっとしたわ」と言った。ぼくはそのとき初めて、父がしばしば胃の検査を受けていることを知った。父は、ぼくが知っているものと思っている言い方をしたが、ぼくには初耳だった。あるいは、春にちょっと帰ったとき、聞いたことがあったかもしれないが、全く忘れていた。「ほんと、それはよかったやん」とぼくはほとんど気にとめず、軽く答えただけだった。

　後で聞いたことだが、父は春ごろから体の不調を訴え、近くの私立大学付属病院で検査を受けていたのだ。血の混じった赤黒い便が出るため、胃と腸が疑われた。腸の検査はシロで、次の胃の検査でポリープが見つかった。父は原因が見つかったことで、すっかり安心してしまったらしい。あとは、貧血のための造血剤を飲むだけだった。

　実際には、その間にも癌は進行していたのだが、腸癌というのは早期発見が難しいらしい。腸の回りから進行していけば、造影剤を注入してレントゲンをとっても、初期のうちは狭窄《きょうさく》部分がないので、見つからないのだ。

　父は倒れる日の二週間ほど前、東京で大学時代の友人とゴルフをしている。貧血で体調が悪かったにもかかわらず、約束だということで出掛けた。ゴルフをし、その晩は友人のところに泊まったが、次の日、父の顔色の悪さを心配して、もう一晩泊まっていくように友人が勧めるのを断って、大阪に帰ってきた。腹部の鈍痛と体のだるさに我慢できず、とにかく家に帰らなければと思ったらしい。ひかり号の席がなくて、三時間十分の間、扉の近くでしゃがみ込んでいたという。そのときは、一日ほど寝ていただけで、痛みもなくなったので、別に医者には見せなかった。

今、手許に、父が七月に受けた市民健康診断の結果を知らせる葉書がある。血圧とか心拍数、血沈などの項目別に丸でしるしがつけられており、一番下に、「診断」という欄がある。そこには「要注意」という文字が赤い丸で囲まれており、備考欄に「強度の貧血」とこれも赤い字で書かれてある。だが父は何もしなかった。

激痛で倒れたとき、父を診察した開業医は、患部に触ってみて、すぐに癌を疑っている。「これはひょっとしたら、癌かもしれませんな」と開業医は父の目の前で言ったそうである。手術のあと、父の病名は「慢性大腸炎による腸閉塞」ということになった。それを聞いて、父は、「やっぱり開業医はあかんな。簡単に癌やなんて言うて、人を脅かしよって。やっぱり大学病院で診てもらわんと」と言った。

ぼくと母が一日交替で付き添うことになった。兄は会社勤めだし、弟は大学生で京都に下宿しているし、祖母は歳を取り過ぎているしで、ぼくと母しかいなかった。父は、ぼくが就職していないため付き添いのできることを、ひとつの幸運のように喜んだ。

「娘がいたとしても、嫁にやっていたら、こうはいかへんかったやろ。洋《ひろし》が就職せえへんかったのは、天の定めかもしれへんな」

ある朝、母が交替に来たとき、父が言った。ぼくは、一瞬、父が皮肉を言っているのではないかと思ったが、父がそういう言い方を決してしないことはよく知っている。単に喜びを表現したに過ぎないということは、すぐにわかったが、ぼくにはいささかこたえた。

夏に帰ったときも、ぼくと父は就職のことで言い争った。いや、言い争うというのは正確ではない。父が、説教になるのを極力我慢しながら、話し合いをしようとするのに対して、ぼくがだんまり戦術を決め込んだからだ。頭を引っ込めて、風をやり過ごすのに似ていた。父の期待がぼくから弟に移ったことで、ぼくは肩の荷を下ろしていたし、自分で働いて生活してるんやから、大目に見てほしいわというのが、ぼくの最後の拠り所だった。

付き添いといっても、大してすることはなかった。手術直後は、輸血やら何やらの点滴が夜中まで続いて、横になることもできなかったが、二、三日すると、朝九時ごろから夕方の五時ごろまでの間に、点滴を三、四回するぐらいになった。小便は直接チューブをつないで、ベッドの横にぶら下げたナイロン袋に出るようになっている。点滴をしている間、何もすることがないので、本でも読むしかない。

　一週間ほどして、口から水かお茶を入れてもよいということになった。そして次は重湯、おかゆと、次第に固形物を食べ始めた。おかゆを食べた翌朝だったろうか、父が突然、出る、出ると言い出した。ぼくはてっきり小便だと思って（チューブはすでに取りはずしてあった）、ベッドの下にある溲瓶《しびん》を取り上げたが、父は恐い顔で、違う、違うと首を振った。蒲団をはね上げ、腰を浮かし気味にした父の姿を見て、すぐに気がついたが、どうしたらよいのかわからない。

　うろたえて、看護婦詰所に飛んでいった。看護婦が一人出てきて、ぼくは彼女と一緒に急ぎ足で病室に戻った。だが、遅かった。父は漏らしていて、寝間着の尻のあたりが五センチ四方くらい黒くなっていた。

　看護婦は回りのカーテンを素早く閉めると、ベッドの下から、楕円形をしたちりとりみたいなものを取り出して、ふたを取り、父の尻の下に差し入れた。何回かおならの音が聞こえ、しばらくすると便の臭いが漂ってきた。

　尻を拭いたり、便を捨てたりするのは、看護婦が全部やってくれた。新しい寝間着を出し、看護婦と二人で着替えさせた。シーツも敷蒲団も汚れていたので、それらも取り替えた。

すべてが終わって、看護婦に礼を言うと、彼女はベッドの下を指さし、「下に容器が置いてありますから、すぐに使って下さいね、お父さんの様子に十分注意して。ゆうべ、お母さんには言っておきましたけど」と言った。きのうの晩、母と交替するとき、ぼくは何も聞いていなかった。何かひとことでも言っておいてくれればよかったのに、とぼくは母に対しても、父に対しても思ったが、父はどうやら、ぼくに腹を立てているらしかった。ぼくが素早く処理せずに、看護婦を呼んだことが気に入らないようだった。結果的に粗相をしたのも、そのためだが、ぼくは知らん顔をして、結局はコミュニケーションの不足なんやなとひとりで納得していた。かと言って、不足を補おうという気もなかった。たとえ癌だと言っても、今さらホームドラマの親子の真似事をするのも照れ臭いのである。

だから、ある日、父の従弟のKさんが見舞いにやってきたとき、父が、「今度は、腹を切るようなえらい大病をしてしもうたけど、息子と初めてゆっくり話し合いができたことが、唯一の収穫でしたわ」と言ったのには、驚いてしまった。何とも居心地が悪かった。ぼくには、父と話し合いをしたという気持ちはなかった。父に話を合わせているに過ぎなかった。何も、よその人にそんなことを言う必要はないのに、とぼくは腹を立てた。Kさんには父が癌であることを知らせてあったので、ちょっと複雑な表情を見せ、「それはよろしおましたな」とありきたりの返事をしただけだった。

父のベッドの斜め向かいの窓際のところに、Tさんのベッドがあった。Tさんは胃癌で、胃を全部摘出していた。四十過ぎの細面で、ろうそくのような白さに、異様な感じがした。一日中奥さんが付き添っており、時たま奥さんの介添えでトイレに行く以外は、寝たきりの毎日だった。奥さんはひっつめ髪で、色が黒く、いつも疲れた顔をしていた。

夫を一日中看病しているという立場が似ているせいか、年齢が割合近いせいか、母と奥さんはすぐに知り合いになった。奥さんから、病院内のこまごまとした事柄を教えてもらったらしい。奥さんの家が生活保護を受けていることも母から聞いた。

ある日、ぼくは奥さんとSさんの三人で世間話をしていた。もっともぼくは聞き役に回っていたのだが。Sさんというのは、父の向かいにすい臓の検査で入院している人で、見た目には普通の人と変わらなかった。「癌の疑いがありますねん」とSさんは言った。

「ほんまに、あんたも業が深いなあ」と奥さんが言った。

何のことかわからずに黙っていると、奥さんはぼくに「この人の息子さん、脳性麻痺なんやわ。いくつやった?」Sさんに訊いた。「十二」Sさんは笑って答えた。

「十二言うたら、手のかかる年ごろやろ。奥さんも大変やわね。これでもし、あんたが癌やったら、どないいなんの」

「先のこと考えてみても、しょうがおまへんわ」

「業やな、ほんまに業の深いことやで」

奥さんはしんみりとした口調になった。業かとぼくは思った。何か釈然としない気持ちだった。ぼくは、父が癌にかかったことを、業というふうに考えたことは一度もなかった。ただ、事実だけが目の前にあった。業という言葉で、落ち着いてしまうのがいやだったし、そういうふうに考えてしまう人間の性向に対して、腹を立てていたのかもしれない。


十二月の初めに、父は退院した。自分の体に自信がないのか、最初のうちは退院を渋っていたが、病院にいても家にいても、あとは食事をできるだけとって、体力をつけるだけだからと言われて、ようやく承知した。

退院した当初は、四十度近い熱が出て、父は不安から、病院に戻りたいとだだをこねたが、母はそれをなだめすかした。そのうち、薬のせいもあって、何とか体の状態は安定したが、それでもときどき発熱したりした。

一番困ったのは、下痢と便秘が交互にやってくることだった。中間の状態がないのだ。これはおそらく、下痢になると下痢止めの薬を服用するため便秘になり、それで便秘の薬を服用すると下痢になるといったことの繰り返しではなかったかと思う。母もそのことには気づいたらしく、二回目か三回目の便秘のときは、薬を用いずに、浣腸で治そうとした。はじめはトイレでごそごそやっていたが、やがて台所に出てきて、床に新聞紙を敷くと、その上に父が尻を出してしゃがみ、母が浣腸した。トイレでは寒いのだった。父は怒ったような顔をしていた。二本も使ったが、便秘は治らなかった。

それでも、父の体は徐々に回復しているように見えた。食事も病院にいるときよりも大分増え、晩は刺身と決まっていた。父が散歩を兼ねて、近くの市場まで行って、買い求めてくるのだった。そして豆乳も。それが朝の日課になった。帰り道はその日の体調によって、遠回りすることもあった。

クリスマスの近づいたある日、父はぼくをつれて、北浜にある三越まで、ゴルフバッグを買いに行った。父が電車に乗ってどこかへ行くというのは、退院以来初めてのことだった。ゴルフは父が五十歳になってから始めた唯一の趣味だった。はやく体力が元のように回復して、コースに出たいというのが父の念願だったが、おそらく無理だろうと思っていた(事実、コースに出ることはおろか、クラブを振ることもできなかった)。

父は売場でいろいろと見て回り、結局一番派手なワインカラーのバッグを買い求めた。買ったバッグを、ぼくがかついだ。地下の食料品売場から通路に出ようとしたら、父が後ろから、「コーヒーでも飲んでいこか」と声をかけた。

「いや、ええわ」振り返ってぼくが答えると、「そうか。そんならここでちょっと休んでいくわ」と父は近くにあったベンチに腰を下ろした。ああ、しんどいのかと思って、ぼくもベンチに坐ったが、かと言って、父をもっといたわらなければならないという気持ちにはなれなかった。変にいたわれば、癌と気づくかもしれないという気持ちの他に、癌にかかった父に対する漠然とした怒り、つまり、癌にかかったのは、父の責任ではないのかと言いたくなるような気持ち、それに、癌そのものへの怒り、そういった気持ちが入り混じって、いたわるという一本の感情にはまとまらないのだった。

何日か後に、神戸から帰ってきたときも、同じようなことがあった。

地下鉄の淀屋橋の駅で、ホームから改札口に上がる階段でのことだった。ちょうど帰宅時のラッシュと重なり、ぼくと父は人の流れに押されるようにして階段を上っていった。ことさらゆっくりと上ることもできず、足許に注意していると、「洋、ちょっと待て」という父の声がした。振り返ると、踊り場のところに父がしゃがみ込んでおり、人々が回り込むようにして進んでいた。ぼくは壁際に寄って人波を避けながら、ゆっくりと降りていった。

「痛いの?」とぼくは尋ねた。父は膝頭に頭をのせて、じっとしていた。ぼくは突っ立ったまま、父を見下ろしていた。

人波が去ってしばらくしてから、ようやく父は立ち上がった。

「大丈夫?」とぼくは尋ねた。

「ああ」

「貧血やろ」

「ああ」

父は怒っていた。ぼくが父をいたわらないで、勝手に階段を上ってしまったことに対して怒っているのか、自分自身に対して怒っているのか、あるいはもっと別の何かに怒っているのか、そのへんのところはよくわからなかったが、怒るのも無理はないとぼくは思った。


父が、自分が癌であることを知っていたかどうかということは、よくわからない。知っていたかもしれないし、知らなかったかもしれない。ただ、ぼくの感じで言えば、最後まで気づかなかったのではないかと思う。母もぼくも、父が疑いの言葉を口にするのを、聞いたことがなかったし(疑っていても口にしなかっただけかもしれないが)、癌なんてこれっぽっちも疑っていないという情景に何度か出食わしているからである。

父が二度目の入院をして、二週間ほど経ったときのことだ。父のふたつ隣のベッドに、胃の全摘出手術を受ける患者が入ってきた。回診か何かのとき、父はそのことを耳にしたのだろう。母に内緒話をするように、小さな声でこう言った。

「あの人なあ、あれは絶対胃癌やで。医者は胃潰瘍で胃を全部取る、言うてるけど、胃潰瘍で全部取るわけないやろ。ほら、＊＊さんかて（と父は昔の大阪市長の名前を挙げた）ここで胃癌の手術をしたんやけど、胃潰瘍や言うて、胃を全部取ったそうや。そやから、あの人も胃癌に間違いないで」

母は、おかしいような悲しいような変な気持ちになったそうである。

また、こんなこともあった。退院して、体力もいくらか戻ったころ、親戚の者が四人ほど見舞いに来た。その人たちには、父が癌であることは伏せてあった。父はセーターとシャツの裾をまくり上げて腹を見せると、ちょっと得意そうに、「ほら、ここですわ」と手術痕を指でなぞった。へその横からまっすぐ下に、二十センチばかりの傷痕《きずあと》があった。

「わたしね、今まで、腸閉塞なんていう病気があるとは、全然知りませんでしたわ。はじめね、開業医に診てもろたら癌や言われましてね、心配してましてんけど、大学病院で検査したら、腸閉塞ということになってひと安心ですわ」

父には癌であることを隠していたが、それほど厳密に実行していたわけではない。Hワクチンを打つときにも、母は、これさえ打てばきっとよくなりますすと、癌であることをほのめかしたような言い方をしたし、「ガンは必ずなおる」というHワクチンの研究所の発行したペーパーバックが、父の開けるかもしれない引き出しの中などにしまわれたりしていた。

一番ひどかったのは、癌になりやすい体質をつくる食品と、なりにくい体質をつくる食品の一覧表が、水屋の開きの裏側に貼ってあったことだ。父もときどき開けたりしているので、ぼくはどうしてあんなところに貼っているのか理解に苦しんだ。母に言わせれば、おそらく一般的な注意書きの形をとっているつもりだろう。あるいは、もっとうがった見方をすれば、そういう癌という文字の入った紙をわざわざ見えるところに貼っておいて、父を安心させる。つまり、父はこう考える。もし自分が癌だったら、こんな紙は貼らないだろう、ということは自分は癌ではない。

退院して一カ月くらいは父の体調もよかったが（というより、手術前がひどかったので、症状を取り除けば、よくなったと錯覚したのに過ぎないのだが）、それ以後は、一向に快方に向かわない体に、いらいらのしっぱなしだった。だが、そんなときでも、ひょっとしたら自分は癌かもしれないとは思わなかったらしい。

ただ、一度だけ、どきっとしたことがある。それは再入院して、すぐのときだった。昼過ぎに、五分刈り頭の主治医がやってきて、いろいろ話しかけ、患部を手で触ってみたりしてから、病室を出ていった。

そのとき、上半身を起こしていた父がぽつんと言った。

「ガンや」

ぼくは一瞬に緊張し、どう答えるべきか迷った。仕方がないので、聞こえないふりをして、雑誌に目を落としていた。

「洋、何してんねん、ガンや」

父が再び言った。ぼくはなおも聞こえないふりをしていた。

すると父が怒ったような声を出した。

「そこにあるやないか」

ぼくは頭を上げ、父の視線の方向を見た。ヒーターの上にガウンがあった。あ、ガウンか。ぼくはあわててガウンをつかむと、立ち上がって、父の肩にかけた。


母がある研究所のHワクチンのことを知ったのは、店のお客さんの話からだった。父が胃腸の検査を受けた私立大学付属病院近くの薬局の奥さんで、その人の姑が乳癌であと三カ月の命と宣告されてから、Hワクチンを打って助かったというのだった。

その奥さんは姑のことがあったせいかどうかわからないが、かなりの医者不信で、癌のことは医者にかてようわかってへんのやから、信用したらあきませんよ、と母に言ったそうである。

母は早速、Ｈワクチンを打つことに決めた。患者の血清がいるというので、父を最初に診断した開業医に相談して作ってもらった。その開業医は、Ｈワクチンは眉唾だから、よしたほうがよろしいですよと忠告してくれたが、身近に治った例を聞いているので、母は聞かなかった。母が本当に治ると思っていたかどうかわからない。ただ、できるだけのことはしたいと思っていたことは確かだし、できるだけのことはしたと自分を納得させたかったこともあるのだろう。

兄が勤めを休んで、東京まで血清を持って行くことになった。兄が出かけて三十分ほど経ってから、父が一つの封筒を見つけた。中には、薬局の奥さんの紹介状と案内図が入っていた。父は途端に怒り出した。母を呼びつけると、「これ、忘れていったら、薬をもらわれへんのと違うか。それに行き先もわからへんやろ。ほんまにお前のすることは、いつもこうや。どこか抜けてるんや」と怒鳴った。母はしまったという顔をして黙っている。父は自分の怒鳴り声によってますます激昂するタイプで、なかなか怒るのをやめなかった。お前のすることはきっちりとしてなくて、いい加減だと、同じことを繰り返した。母も最初のうちは、すいません、と謝っていたが、あまりにしつこく続く叱責に、「わたしも一所懸命にやっているのに、そんな言い方なさることはないでしょう。わざとしたわけでもないのに」と涙を見せて、言い返した。父はちょっとひるんだが、それでも叱責をやめない。母はとうとう両手で顔を覆って泣き出してしまった。

一階から上がってきた祖母が、二人の間に割って入った。そして父から事情を聞くと、すぐに、「そりゃ、雅之《まさゆき》、あんたが悪い。桂子《けいこ》さんは一所懸命やってるんや。店もやらなあかんし、あんたの看病もせなあかん。そやのに、そんなもん忘れたぐらいで怒鳴るなんて、あかんで。謝りなはれ」と言った。父は謝りこそしなかったが、口の中でぶつぶつ言うだけで、怒鳴るのをやめた。

「徹《とおる》が東京で迷子になっても、わしは知らんからな」

捨てぜりふみたいに父がそう言うと、母は指先で涙を拭いながら、「今から、徹を追いかけます」と言った。

「なに言うてんねん、今から行って、間に合うわけないやろ」

「行ってみなければ、わかりません」

「桂子さん、今から行っても無理や。徹も子供と違うねんから、何とかしますやろ」と祖母も言った。

「だめでも、ちょっと行ってきます。そうしないとわたしの気持ちがすみませんから」

それまでぼくは黙って成り行きを見ていたが、思わず口をはさんでしまった。

「お母さん、今からじゃ、もう遅いて。それに兄貴かて、行き先がわかれへんかったら電話してきよるて」

それでも母は、素早く身仕度を整えると、封筒を持って家を出た。

母はなかなか帰ってこなかった。間に合わなかったのは明らかなのだから、どこかで時間をつぶしているとしか思えなかった。

昼になっても、母は戻らなかった。昼ごはんは店屋物ですませた。二階で寝ている父も、ときどき下に降りてきて、「桂子はまだか」と言って、店を覗いたりした。

母が戻ってきたのは、二時過ぎだった。新大阪まで行ったが、兄の姿はなく、仕方なく帰ってきて、あんまに行っていたと言った。さっぱりとした顔をしていた。

「桂子、遅かったなあ。心配したで。もうこのまま帰ってけえへんのと違うかと思たりしてなあ。ほんまに、お前がいてへんかったらあかんわ。よう帰ってきたなあ」

そう言って、父は気弱な笑いを浮かべながら、母を迎えた。言い方がちょっと大袈裟すぎる気がしたが、それよりもそういうことを言わせる父の精神的弱りを感じて、ぼくは驚いた。病気になる前だったら、おそらく怒鳴り飛ばしていただろう。

兄は迷子にもならず、無事に血清を研究所に持っていくと、その夜、大阪に帰ってきた。案内図も紹介状も必要なかった。行く前に案内図をちらっと見た記憶を頼りに、国電のK

駅まで行くと、そこからタクシーに乗ったらすぐだったということだった。タクシーの運転手に研究所の名前を言うと、「ああ、ガンの病院ね」と即座に答えたそうである。研究所には癌患者やその家族が大勢詰めかけていたが、癌のことを隠すという雰囲気は全くなかった。というより癌は必ず治ると信じているのではないかと思われるほど、明るい顔にあふれていたという。

「隣のおっちゃんにいろいろ話しかけられてんけど、その人が事もなげに『私は胃癌です』と言うんで、びっくりしたわ。ほんまに、そこにいてたら、癌も普通の病気と変われへんみたいな気持ちになったわ」と兄は語ったが、それでもHワクチンには懐疑的だったし、ぼくも同様だった。結局は、末期癌患者の、文字通り藁《わら》に過ぎないんじゃないかという気持ちだった。

一週間ほどして、兄が再び東京へ行き、ワクチンをもらってきた。小さなアンプルが二十本入ったケースが二箱、計四十本あった。これで四カ月分だった。添付の説明書を読むと、三日おきに注射すること、始めの二、三本を打ったときには、発熱、嘔吐、下痢、極度の疲労感等の症状があらわれることがあるが、それは薬が効いている証拠だから、心配せずに続けて注射すること、ただし、あまりにひどいときは、一時中止することなどの注意事項が書かれてあった。

母は早速、その日から注射を打つことにした。注射器のセットはすでに買い求めていた。ぼくは、母が最初の一本を打つところを見ていたが、父の右腕をとって、アルコールで消毒し、それから、あまりにも無造作に注射をしたので驚いてしまった。ぼく自身、注射を打たれるのは嫌いだし、ましてや、他の人に注射することなど考えただけでも手が震えてしまうが、やはり人間、必死になったら何でもできるもんやなあと、変な感心の仕方をした。しかし、母にとっては、別に必死でも何でもなく、すでに経験済みのことだったのである。

結婚間もないころ、父が肋膜炎《ろくまくえん》にかかったことは知っていたが、そのとき母が注射を打ったというのは知らなかった。

「あのころ、わたしはまだ何も知らない娘だったから、お医者さんの絶対安静という言葉を、その言葉通り真に受けてね、お父さんを寝かしつけたまま、身動きもさせなかったのよ。半年ほどして、ようやく歩いてもよくなったとき、お父さんの歩いたあとに、白い粉が点々とついてるの。何かと思ってよく見たら、体からはがれ落ちたあかだったのよ」

二、三本注射をしても、父には注意書きにあるような症状はあらわれなかった。ぼくはいささかほっとしたが、母は薬が効いていないのではないかと不安がっていた。しかしそれほどがっかりもせず、「必ず治りますからね」と言っては、規則正しく注射をしていた。だが結局ワクチンは効かなかった。父の死んだとき、まだ十本ほど残っていた。

「お父さんがほとんど痛がらずにすんだのは、きっとワクチンのせいだったのよね」
と言って、母は自分自身を慰めた。それだけの効果はあったのである。

十二月の寒さの緩んだある日、祖母が石切神社に出かけた。祖母が石切さんに父の快癒祈願に参るのは、おそらく三十数年ぶりのことだろう。父が肋膜炎を患ったとき、参ったかどうかは聞いていないが、中国戦線で腸チフスにかかって重態だという知らせを受け取ったときは、お参りをしている。知らせが来る前に、父が夢枕に立ったという話だ。

父は昭和十二年に東京の私立大学を卒業後、その大学が閥を作っている某財閥系列の会社に入った。その翌年に赤紙が来て、入営し、すぐに中支に送られている。十七年に除隊になり、会社に戻ったが、今度はその会社のシンガポール支店に転勤になった。転勤になって二カ月ほど後に、再び召集令状が来たが、会社が事情を説明して、召集猶予ということになる。

シンガポールではかなり優雅な生活を送っていたらしく、召使いが何人もいたという。社宅のすぐ近くに海があって、その沖で泳いでいると、召使いの一人が浜で大声を出している。しきりに手招きをして、どうも戻ってこいと言っているようなのだ。どうしてだと思って見ていると、召使いの身振りから、サメが出たということがわかった。そこで父は六尺ふんどしを解いて、股からなびかせながら、急いで泳いで帰ったという（ふんどしをなびかせて大きく見せると、サメは襲ってこないと父は言ったが、ほんとかどうか）。

そのほか、召使いと相撲をとった話とか、銀の食器を安く手に入れた話とか、シンガポール時代のことはよくしゃべったが、中国戦線のことは、ほとんど話さなかった。ぼくが聞いた話といえば、左脇腹から尻にかけて貫通銃創を負ったこと、中国軍に包囲されて死にかけたこと、闇夜の行進で、着剣をやめさせたこと、それに、初年兵訓練のとき、大学卒だというので、よくいじめられたことぐらいである。

中でも中国軍に包囲された話は詳しくて、何かの作戦で父の属する隊に、ある村を占領する命令が下ったのだ。後から援軍を送るということで三十名ぐらいが村に向かった。占領は難なく成功したが、送られてくるはずの援軍がなかなかやって来ない。それに気づいた中国軍は村を包囲して、銃撃を浴びせてきた。ただし、決して村に攻め入ってこようとはしない。こちらに応戦させ、弾を切らしておいてから、攻めてくるつもりなのである。このままではじり貧なので、夜になって伝令を走らせた。次の日の夜、いよいよ弾がなくなり、朝になったら中国軍が総攻撃してくるということで、各自一人ひとりに手榴弾が渡された。自爆用である。その晩、父の頭には、走馬灯のように過去の出来事が流れていったという。

死を覚悟して夜が明けたが、信じられないことには、中国軍の姿は影も形もなかった。そのうち援軍がやってきたが、中国軍はいちはやくその情報をつかんで、撤退したのだ。援軍がすぐに来なかったのは、作戦が急に変更になって、援軍のことを忘れていたらしい。「全く軍隊ちゅうとこは、人間の命なぞ屁とも思っとらん」と父は憤慨した。

父の定年退職後の仕事は、貸ビルの経営だった。三宮に祖父の残してくれた土地が二つあって、一つのほうに地下一階、地上四階の小さなビルを建てていた。入居しているのはスナックばかりで、ひとつの階に一店舗、計五店だった。駅の山手側にある飲み屋街で、そういう店しか入らなかった。

もう一つの土地は四十坪ほどで、父のビルの近くにあったが、そこは戦後すぐに不法占拠され、四、五軒の店が営業していた。八年ほど前に、父は明け渡し請求の裁判を起こし、まだ係争中だった。父の提訴は不法占拠されて十九年目のことで、もう少しで時効取得により所有権が生まれて、明け渡し請求ができないところだった。そういう事情もあって、裁判所は和解を勧め、いろいろと調停をしたが、父はどうしても納得しなかった。父に言わせれば、十九年間もただで居坐った挙句（被告側はなにがしかの金を家賃として裁判所に供託していたが、もちろん父は受け取ってはいない）、金を出さなければ立ち退かないというのは、盗人に追銭《おいせん》だという理屈だった。金をこちらに払って、立ち退くのが当然であるところを、何もいらない、立ち退くだけでいいと言っているのだ。これが最大の譲歩だと父は息巻いたらしい。それで裁判が長引いた。

母は、早く決着をつけて、新しいビルを建てようと心に決めたらしかった。父が死ぬまでに、そのビルを見せようと思ったのだ。

弁護士に調停に応じる用意があることを告げ、すぐに和解が成立した。ぼくが和解金八百万円を持っていったが、相手側が全員そろわないことがあって、二回も金を持って三宮をうろうろした。税理士に言わせると、和解金八百万は安いということだった。税理士は父に何度も、早く和解に応じたほうがいい、和解金を払うと考えないで、その金で土地を買うと考えればいいと言ったそうだが、父は頑として受けつけなかったという。

父が懇意にしている不動産屋に、母はぼくをつれて相談に行き、建築設計士と建築会社を紹介してもらった。前のビルを建てたときは、地下の階に水が浸み出すなどのトラブルが続いて、父は今度建てるときは別の会社に頼むと言っていたのだ（そのトラブルが父の命を縮めたと母はよく言ったものだ）。

父の従弟のKさんに銀行を紹介してもらい、そこから金を借りるため、他の銀行に預けてあった金を移し、集められる金はみんな集めて預金した。奈良の桜井にあった土地も売り払って、預金した。桜井の土地は、いずれ家を新築して引っ越すために、父が買っておいたものだった。

十一月半ばに地鎮祭をやり、その様子を写真にとって、父に見せた。父は喜んで、建築設計図と写真を交互に見ながら、完成したビルの姿を写真に当てはめたりした。

しかし三カ月ほど後に、基礎工事の写真を見せたときには、もうほとんど関心を示さなかった。そのときはすでに再入院していたが、前の入院のときとは違って、テレビも新聞も見ようとはしなかった。社会的な事柄に対する関心はまるでなくなっていた。

父が退職する前に、会社のどのあたりまで昇進していたか、ぼくは全く知らない。保険関係の仕事をしていたことは知っていたが、ポストについては聞いたことがなかった。出世コースからはずれていたらしいことは、薄々わかっていたし、父も母も、だからポストのことは口にしないのだろうと思っていた。父が出世コースからはずれた理由については、ぼくは性格からくるのだろうと勝手に解釈していた。完璧主義で几帳面過ぎる性格。そういうのはやはり、重役とかの会社の幹部にはふさわしくないんじゃないか、もっと鷹揚に構えているほうが、人が慕ってくるし、出世もできる。ざっとそんなふうに思っていた。それ以外にこれといった理由は思いつかなかった。

ところがそうではなかった。ある土曜日の晩、兄が病院に泊まってくれたとき、ぼくは母と蒲団を並べて寝た。明かりを消して、しばらくして、母が「洋、もう寝た?」と声をかけてきた。いいやと答えると、母は父のことを話し始めた。結婚後すぐに肋膜炎にかかったこと、なかなか子供ができなくて、兄が生まれたときは、父が宝物でも扱うようにしたこと、父には興奮してくると、吃音の癖があったが、若いときはもっとひどくて、学生時代に一所懸命に矯正したこと。東京の古い親戚が学生であった父を家に泊めた翌朝、父が大声で何かの発声練習をしているのを聞いて、驚いたことがあったという。

そんな話のあとで、母が不意に「お父さんが出世しなかったのはね、お父さんが世話して会社に入れた人が、会社の金を使い込んで、くびになったからなのよ。そういう人間を世話したというだけで、出世コースからはずれてしまったのよ。人を見る目がないってわけね。だからわたしはお父さんが出世できない分、自分で働こうと思って、三十を過ぎてから美容師になったのよ。でないと、洋たちを大学にやることもできないと思って」

あまりにもでき過ぎた話だったので、にわかには信用しかねたが、父の葬式のとき、弔問に来たかつての同僚の人が、似たようなことを話しているのを聞いて、何となくほっとしたことを覚えている。

暮れになっても、母はなかなか正月の用意をしようとはしなかった。美容室の仕事が忙しくなるので、いつもなら早目に準備を始めるのに、今度ばかりは、そんな気になれないらしかった。いっそのこと、デパートでおせち料理を買ってしまおうかとも言った。しかし、いつもと同じようにしなければ、お父さんが変に思うんと違うかとぼくが言うと、ようやく腰を上げた。

いつもの年よりも量がいくらか少なくなったが、それでも毎年見慣れている品々ができ上がり、父の発熱もなくて、正月は無事にすんだ。

一月は父の体調がいちばん安定していた時期だった。二月に入って、父は不調を訴え始めた。それまでも、体の倦怠感を口にすることはあっても、しばらく体をさすったりしていると、楽になったようだったが、今度はそうはいかなかった。特に夜がひどかった。体がだるくて眠れないと父はこぼした。居てもたってもいられないほどのだるさだと言うのだ。ぼくらには、その感じは全くわからなかった。末期癌患者には、そういう症状があらわれるらしかった。

ぼくと母と、土曜日には兄も、そして時には祖母も、父が眠ってしまうまで順番に、父の体をさすった。京都から帰ってきた弟が加わることもあった。

一旦眠った父が夜中に目を覚ますこともあった。いや、そういう日のほうが、はるかに多かったと思う。そんなときは交替で、朝まで体をさするのだ。朝になると、倦怠感がだいぶましになるらしく、昼ごろまでうつらうつらとした。朝の散歩どころではなくなっていた。

父の部屋には、つんと鼻にくる嫌な臭いがこもっていて、いつも、せーのという感じで入らなければならなかった。入ってしまえばすぐに慣れるのだが、出るときは、その臭いから解放されるということで、ほっとした。

ある晩、ぼくはこたつに入っている父をさすりながら、あまりにも眠くなったので、そのままこたつに足を突っ込んで眠ってしまった。さすってほしければ、父が起こすだろうと思ったし、父も眠っているように見えた。

夜中に、父の声で目を覚ました。父は上半身を起こしていた。おやとぼくは思った。少しは楽になるので、夜はいつも横になっていたからだ。

「いったい、どないなってんのや」

父は独り言を言いながら、太股のあたりを両手で押さえていた。

「お父さん、さすったろか」とぼくは言った。

「洋か。起こしてしもて、すまんなあ」

そのとき、ふすまが開いて、隣の部屋から母が入ってきた。

「お父さん、どうしたんですか。わたしがさすりましょうか」

「すまんなあ、お前まで起こしてしもて。一体、わしの体、どないなってしもてんやろ。治るやろか」

「治りますよ、きっと治ります」

「桂子、すまんなあ、洋やみんなにも迷惑かけて。ほんまにわしの体、どうかなってしもたわ」

不意に涙声になった。

「もう、みんなに迷惑かけへん。わし、今夜から酒を飲むわ」

父は立ち上がると、居間のほうへ、ゆらゆらとした足取りで歩いていった。母が父の腕を取って、「あなた、お願いだからやめて。そんなことをしたら、どうなるかわかりません」と引き止めたが、父は「ほっといてくれ。わしはもうみんなに迷惑かけたないのや」と振りほどいた。そして、居間のサイドボードにあった客用のウイスキーを取り出すと、ストレートグラスに一杯入れて、飲み干してしまった。だが、しばらくして、父は気分が悪くなり、洗面所で吐いた。母は「もうお酒を飲むのはよしましょうね」と言って、父の背中をさすった。「すまん、すまん」と父は涙声で謝った。

それから一週間ほどして、父は再び入院した。発熱が続いたこと、衰弱し始めたことが、母にふんぎりをつけさせた。病院のほうでは、いつでもベッドを空けておくということだったので、連絡した翌日には許可がおりた。三月の初めだった。

父は入院してすぐに、輸血とぶどう糖液の点滴を受けた。それが効いて、いくらか父の体は回復した。それに、薬を使って眠らせているのかどうかわからなかったが、倦怠感を訴えて眠れないということもなくなった。

父の病室は前と同じ部屋だったが、以前いた人はTさんだけだった。前よりも一層頰がこけ、腕なんかも子供のように細くなっていた。ほとんど物が食べられず、点滴だけでもっているようなものだった。奥さんは相変わらず疲れた顔で、看病していた。二年目に入ったということだった。

炊事場でりんごをすりおろしていたとき、奥さんがやってきて、おかゆを作り始めた。父の具合などをぼくに訊いてから、「うちの人、弱りましたやろ。前はトイレにも歩いていけたのに、今はほんまに寝たきりやからね。こんなん作っても食べてくれへんのやけど」と独り言のように言った。

ぼくはTさんの姿に、父の何カ月後かの姿を見ていた。しかもTさんと違って、父の患部は腸だから、痛みを訴えるのではないかと恐れていた。ある作家が腸癌で死ぬ前に、その痛みはまさに「断腸」という言葉通りだと言ったのを、どこかで読んでいたからだった。

だが、痛みよりも衰弱のほうが意外に早くきて、半月ほどしたら歩けなくなった。再入院時の回復は一時的なものだったのである。トイレに行けないので、ベッドの下に腰掛式の簡易便器を置いておいて、大便のときは、それを引きずり出して使った。使ったあと、消臭剤のスプレーのひもを引っ張った。

痛みのほうは、ときどき下腹部のあたりを押さえて訴えたが、そのたびに、いよいよやってきたと思って、どきりとした。

四月に入って、父の体がむくみ始めた。医者は腎盂炎《じんうえん》のせいだと父には説明したが、どうやら癌が腎臓に転移したらしかった。むくみはどんどんひどくなって、父の人相が変わってしまった。足も丸太のようになった。それで医者は利尿剤を使った。それが効いて、むくみは取れたが、父の体はむくむ前よりも、一層ひどくやせてしまった。

母と交替して、初めてむくみの取れた父を見たとき、あ、これはだめだと思った。もう近いと思った。それほどひどい姿だった。

四月九日の晩、父が突然、アイスクリームを食べたいと言い出した。数日前に母から、父がアイスクリームを食べたと聞いていたから、別に驚きもせず、ぼくは地下の売店まで行って、一番高いのを買い求めた。

スプーンですくって、父の口に入れると、

「うまいなあ」

父は心底うまそうな声を出した。そしてひとカップを全部平らげた。

それから一時間ほど経ったころだろうか、消灯にはまだ間のある時刻だった。眠っているように見えた父が不意に目を開けると、

「聡《さとし》が帰ってきたんと違うか。二階にいてるのは聡やろ」

と弟の名前を言った。ぼくはうろたえた。父が幻覚症状を見せたのは初めてだった。

「お父さん、ここは病院やで。家と違うで」

ぼくは周囲をはばかるように、小さな声で、しかし鋭く言った。父はぼくの言っている意味がわからないのか、ぼんやりとしていたが、すぐに、「ああ、そうか。ここは病院やったな」と言った。幻覚症状のときの顔や様子と、正気に戻ったときのそれとが全く変わらないので、ぼくは恐ろしくなった。

それからしばらくして、父がまた、「やっぱり聡や。帰ってきてるやないか。二階にいてるんやろ」と言った。

「お父さん、勘違いしたらあかんで。ここは家と違うで。病院、病院やで。わかるやろ」

ぼくは前よりも大きい声で言った。

「ああ、そうか。そうやったな」

父はそう答えると、再び目を閉じた。ぼくはそのときふっと、父が幻覚で弟のことを言うのは、ひょっとしたら弟に会いたがっているからではないかと思った。弟に会いたがるというのは、意識下で死期の近づいていることを感じとっているせいかもしれない。ということは、いよいよ危ないのかとぼくは考えた。

十時過ぎに母が交替に来たとき、ぼくは父の幻覚症状のことを話した。弟に会いたがっているのではないかというぼくの考えは話さずにおいた。母は別に驚きもせず、「モルヒネのせいと違うのかしら」と答えた。

翌朝、六時前に、ぼくは祖母に起こされた。母から電話があって、父の容体がおかしくなったというのだった。ついにきたとぼくは思った。同時に体がふわふわ浮き上がる感じがした。

兄も起きてきて、ぼくと祖母の三人で病院に向かった。よく晴れた、少しひんやりとした朝で、一日の動き出す気配が至るところに感じられた。タクシーの中で、ぼくは、自分たちだけが別の時間の中を動いているような不思議な感覚に捉えられた。

大部屋のドアを開けると、母の泣き声が聞こえてきた。窓際のベッドまで行くと、母が目を閉じた父のそばで、枕に顔を押しつけて泣いていた。母の後ろに立っていた看護婦がぼくたちを見て、ベッドの足許のほうに出てきた。入れ替わるように祖母が母のそばに行くと、「雅之、雅之」と言うなり、父の腕を押さえて泣き始めた。ぼくは兄と一緒にベッドの足許のところに立って、母と祖母を見ていた。

「すみましたら、詰所のほうまでお知らせ下さい」

看護婦はそう言うと、病室を出ていった。

しばらくして、母の泣き声も間歇《かんけつ》的になり、祖母もガーゼのハンカチで涙を押さえるだけになったので、「看護婦さん、呼んでくるわ」と言って、ぼくは病室を出た。看護婦詰所の入口で、「終わりましたから」と声をかけると、奥から看護婦が出てきて、「すぐに行きます」と言って、また引っ込んだ。病室に戻りながら、終わりましたというのは、一体何が終わったのだろうと考えていた。

看護婦が二人すぐにやってきた。二人は父のパジャマを脱がせると、手早くアルコールで父の体を拭き始めた。それがすむと、今度は耳や鼻、口、それに肛門と、体中の穴に脱脂綿を詰め始めた。目の中にも、閉じているまぶたを引っ張り上げて、薄くのばした綿を入れた。再びパジャマを着せる。

病室のドアがたついて、移動寝台が入ってきた。手伝おうと行きかけると、斜め向かいのカーテンの陰から、初老の男の人が出てきた。

「急なことで、大変でしたね。お父さんはそんなにお悪いようには見えなかったんですけどね。ほんとにびっくりしました。どうぞお力落としのございませんように」

　急に声をかけられて、ぼくはどう答えてよいかわからなかった。

「どうもありがとうございます」とぼくは取り敢えず答えた。しかし、ありがとうという言葉には引っかかるものがあった。お悔やみに対するお礼というよりも、父が死んでくれてありがとうというふうに聞こえてしまうのだった。

　移動寝台を押してきた男の人と一緒に、父の体をベッドから移した。はじめ足首をつかんだら、男の人が、こういうふうにシーツを持ってと教えてくれた。シーツをハンモックのようにして移すのである。なるほどとぼくは感心した。父の体は予想外に重くて、両端を持っただけでは動かない。兄が腰のあたりのシーツを手を伸ばして引っ張ったので、ようやく移動寝台に移った。

　父の体をシーツでくるんで、寝台を押していった。エレベーターで一階に降り、救急病棟の出入口を出た。寝台車がとまっている。また父を移さなければいけないんだなと思ったが、そうではなかった。移動寝台の足が折れ曲がって、父をのせたまま車の中に収まるのである。ぼくはまた感心した。

　家に着いて、母が先に蒲団を敷きに入っていった。ぼくはシャッターの降りた店先で待ちながら、隣近所を気にしていた。誰にも、こういうところ、つまり父の死体を運び込むところを見られたくないという気持ちがあった。見られたら、必ず言葉をかけられるだろうし、そうなれば挨拶をしなければならない。それが嫌だった。それに父の死は家族だけの密《ひそ》やかなものという意識があった。だから形を整えるまでは誰にも見せたくないと思ったのだ。

母の合図で、寝台車の後ろを開け、シーツにくるまれた父の体を引っ張り出した。頭を男の人が持ち、腰は兄、ぼくは足を受け持った。路地を入り、勝手口では父の体を斜めにした。二階に上がる階段が、いつもはそんなに感じないのに、重いものを持っていると、えらく急に感じられた。足許を確かめながら、ゆっくりと上っていった。階段から部屋への戸口が狭くて、父の体をかなり立てても、運んでいる人間が通れない。何回かやってみて、最後に男の人が力まかせに頭の部分を部屋に入れた。そのとき父の体から、骨か何かの折れる音が聞こえてきた。ぼくは思わず、あかんと叫びそうになった。おやじが痛がる。一瞬そう思った。しかしすぐに、ああ、そうか、痛むことはもうないんやなと気がついた。そうすると初めて、頭の中に浮いていた「父の死」というものが、胸のあたりに降りてきた。

涼子

私が涼子《りょうこ》に初めて会ったのは、十二歳のときだった。小学校から帰ってきて路地横の引き戸を開けると、母と田辺さんともう一人白いブラウスを着たお下げ髪の女の人がテーブルを囲んでいた。母は美容室をやっており、田辺さんは住み込みの従業員だった。田辺さんの部屋は、店と台所兼食堂の間にあり、私たち家族は二階に住んでいた。

「あ、お帰り」と母が言った。人見知りする質《たち》の私は小声で「ただいま」と答えて、そのまま二階に行こうとした。

「義明《よしあき》、挨拶をしなさい」と母がこわい顔をした。私は口の中でいらっしゃいませと呟いて、頭を下げた。

「こんにちは」母とも違う田辺さんとも違う、透き通るような声が響いてきた。頭を上げると、見知らぬ女の人が立ち上がって笑いかけていた。私はそのとき初めて、その人の顔を見た。きれいな人だった。女性を見てきれいだと思ったのは多分そのときが初めてだったと思う。そのせいで彼女のことをずいぶん大人だと思ったのだが、実際は五つしか年が離れていなかった。

「明日からお店を手伝ってもらう、関口涼子さんよ」と母が言った。

「私の義理の姪っ子なんよ」と田辺さんが説明する。涼子が首を傾げ、大きく目を見開いて私を見る。私はもう一度ぴょこんと頭を下げると、急いで二階に上がった。

「ほんとに恥ずかしがり屋なんだから」という母の声と女たちの笑い声が聞こえてきた。

私は弟と二人で使っている部屋にランドセルを置くと、階段の下り口のところに腹ばいになった。漫画を読んでいた弟がやってきて、「お兄ちゃん、何してんの」と訊く。私はしーと口に指を当て、あっちに行っていろというように手を動かした。しかし弟は私と同じように腹ばいになって、下を覗き込む。私はもう一度静かにしていろと指を口に当ててから、下の話し声に耳を澄ませた。

「そう、保険に入ってなかったの。それは残念だったわね」と母の声がする。

「保険に入ると、すぐに死ぬからってよく言ってました」

「昔気質《かたぎ》の人なんよね、あんたのお父さんて」と田辺さん。

涼子が私の家に来たのは、漁師をしていた父が海難事故で亡くなったためだった。高校を中退して、田辺さんの紹介で美容師になるために来たのだった。

母の店には田辺さんの他に通いで来ている美容師の加藤さん、高校を卒業してすぐに見習いで入ってきた赤井さんがいて、涼子は田辺さんと同じ部屋に住み込むことになった。

明日からという言葉とは裏腹に、涼子はその日から働き始めた。今までご飯ごしらえは母と田辺さんが空いた時間を見つけて作っていたのが、そこに涼子が加わったのだ。

冷蔵庫に貼った一週間分のメニューを母が涼子に説明し、鍋とか調味料の場所を教える。その度に涼子は「はい」と気持ちのいい返事を返す。テレビの人形劇を見ながら、私はその様子をときどき窺った。いきなり姉ができたような誇らしくもあり、眩しくもあり、ちょっと困惑するような奇妙な感じだった。赤井さんも涼子と同じくらいの歳だったが、赤井さんには姉という感じがしなくて、どちらかというと隣のおねえさんのようだった。やはり一緒に住むということが、そういう感覚をもたらしたに違いなかった。

夜、父が会社から帰ってきた。母が涼子を紹介する。話を聞き終わると、「そうか。それじゃあ、お母さんのためにもこれから頑張りなさい」と父は言った。それだけだった。

「はい、頑張ります」と涼子は頭を下げた。

父は気難し屋で、私や弟から見て何を考えているのかわからないところがあった。会社でどういう仕事をしているのかもわからなかった。ただ、機嫌のいいときは少なくて、大抵眉間に皺を寄せていた。

涼子が来て何日か経ったある日、私が近所の駄菓子屋に行くと、店番をしているおっちゃんが私を奥に手招きした。おっちゃんと言ってもたぶん三十歳くらいだったと思う。

「なあ、おまえのとこの店にきれいなおねえちゃんが入ってきたやろ。何ちゅう名前や」

私はなぜだかむっとした。しかし顔には出さず、「せきぐちりょうこ」とそっけなく答えた。

「ふーん、りょうこいうんか。ええ名前やな。りょうこってどう書くんや」

「知らん」

「そうか、知らんのか。まあ、ええわ。ちょっとここで待っときや」

おっちゃんは奥の部屋に入ると、しばらくして出てきた。手には切手のシートと封筒を持っている。切手は私の欲しかったオリンピックのやつだった。

「これ上げるから、この封筒、りょうこちゃんに渡してえな」

おっちゃんはシートと封筒を差し出した。封筒には表にも裏にも何も書いていなかった。

私は切手の誘惑に負けて、受け取った。

しかし家に帰ると、気が変わった。封筒を握りつぶしてごみ箱の底の方に捨て、切手シートは弟に見つからないように机の引き出しの奥に隠した。

それからしばらく駄菓子屋の前を通らないようにしたが、一週間ほど経って涼子とおっちゃんが立ち話をしているのを目撃したときは、びっくりした。胸がどきどき鳴った。涼子は笑いながら応えており、おっちゃんは機嫌よさそうに次々に言葉を繰り出していた。

後で涼子に何を話していたか尋ねると、「デートに誘われたんよ」と小さく舌を出した。デートという言葉が甘酸っぱい感覚をもたらしたが、私はそれを振り払って、「その他になんか言うてた」と尋ねた。

「ううん、別に」

「ぼくのこと、なんか言うてへんかった」

「義っちゃんのこと？　ううん、何も」

私はひとまず安心した。

「それでどうすんの、デート」

「そんなもの、する暇ないわ」と涼子は笑った。

しかし、おっちゃんは諦めなかった。店に初めて来た男性として、パーマを掛けてもらったのだ。母は困惑して断ろうかと思ったらしいが、是非にということで受け入れた。しかしおっちゃんの狙いが涼子だとわかると、駄菓子屋に出向いて、そこの主人に、涼子にちょっかいを出させないようにきつく言ったらしい。「母親から頼まれて、あの子を一人前の美容師にする責任が私にはあるんです」と帰ってきた母は興奮しながら田辺さんに言った。たぶん駄菓子屋でも同じ科白《せりふ》を言ったのだろう。

それからほどなくして、おっちゃんは駄菓子屋から消えた。噂では結婚するために神戸に行ったということだった。

涼子は歌が好きで、洗濯をしたりご飯ごしらえをしているとき、よく口ずさんだ。流行の歌謡曲をすぐに覚えて、澄んだ声で上手に歌った。本家本元よりもうまいんじゃないのと田辺さんや母が冗談めかして言ったが、半分本気で言っているようにも思えた。

その年の夏、近所の盆踊り大会でのど自慢が開かれることになった。商店街のスポンサーがついたらしかった。回覧板が回ってきて、母も田辺さんも早速涼子に出るように勧めた。一等は当時としては値の張るカラーテレビだった。涼子は最初尻込みしたが、私がテレビ、テレビと言って彼女の腕を取ると、「じゃあ、出てみようかしら」といたずらをするときのような目付きをした。

「でも、テレビ取れなくっても勘弁してね」

「お姉ちゃんなら、絶対取れるわ」

「涼ちゃん、義明の言うことなんか気にしなくてもいいのよ」と母が言った。「一等なんかそんなに簡単に取れるもんじゃないいんだから。でも三等くらいなら大丈夫よね」

三等はトースターだった。

「あら、先生。よく言うわ」田辺さんが母の背中を叩いて、大笑いした。

盆踊り当日、涼子は早めに仕事を切り上げて会場に向かい、店が終わってから母と田辺さん、それに加藤さんと赤井さんものど自慢を見に行った。私は弟と留守番をさせられそうになったが、弟だけに押しつけて、ついていった。

会場は結婚式場の駐車場で、中央に紅白の布を巻き付けた丸太で櫓《やぐら》が組んであった。そこから周囲にロープが伸びて提灯がいくつもぶら下げてある。すでにのど自慢は始まっており、スピーカーからはマイクに近づき過ぎているせいか音の割れた歌声が流れていた。

当時はカラオケの設備がなかったので、伴奏は生のギターだった。櫓の周りには浴衣を着てうちわを手にした人々が大勢取り巻いており、歌が終わるとまばらな拍手を送っていた。何となくざわざわとした雰囲気だった。

私たちは櫓の近くにいるだろう涼子を遠くから探した。田辺さんが見つけ、「涼ちゃん」と大きな声を掛けたが、涼子は気づかない。涼子は胸に手を当てて、一点を見つめている。私たちは人混みをかき分けて前に進んでいき、もう一度声を掛けた。涼子は気づき、笑顔を見せて手を振った。

「もう終わったの」と田辺さんが訊いた。涼子は首を振り、「次の次」と答えた。

「あの子に浴衣を着せるんだったわ」と母が言った。のど自慢の順番を待っている人は涼子を除いて全員浴衣姿だった。涼子は店で白衣を脱いだときのままの、白いブラウスに紺のスカート姿だった。

涼子の番が回ってきた。司会者が「曲は高校三年生です」と紹介するとギターの伴奏が始まった。するとそれまで硬かった涼子の表情が急にすっきりしたように私には見えた。

スピーカーから澄んだ歌声が流れ出す。それまで音が割れたりしていたのが、このときはなぜかきれいに再生されていた。涼子はマイクスタンドを指で軽く支え、首を心持ち傾げるようにして歌っていた。そして「楡《にれ》の木陰に弾む声……」と歌うころには、ざわついていた周りが水を打ったようにしんとなった。

歌い終わると、一斉に拍手が起こった。うまいわあという誰かの声が聞こえてくる。

「あの子、度胸あるわ」と母が感心したように言う。

「先生、これでトースターはいただきやね」と田辺さんが母の肩を叩いた。

しかし涼子の貰った物はトースターではなく、テレビだった。私は自分の予想が当たったので、鼻高々だった。

翌日、賞品のテレビが運ばれてきた。涼子は私と弟の部屋に置いてもらうように言ったが、父は田辺さんと涼子の部屋に置くようにと譲らなかった。しかしテレビは大き過ぎて、その部屋には置けない。それなら時価で買い取りなさいと父は母に言ったが、涼子は頑としてお金を受け取ることを拒否した。結局涼子が結婚するときまで預かるということで、テレビは店の奥にある台所兼食堂におさまった。友達の誰も持っていない自分だけのテレビが持てると喜んでいた私は、がっかりした。私が涼子に頼んだからテレビがもらえたのにという思いがあっただけに、余計に面白くなかった。

毎年大晦日は美容室にとって、書き入れ時だった。朝からパーマや日本髪のセットに追われ、二階の父と母の部屋は店の人たちの仮眠場所になった。真ん中にこたつを据え、周りに蒲団を敷いて、眠たくなってきた者から上がってきて休むのである。元日の朝まで徹夜で仕事が続くのだから、そうでもしなければ身体が持たない。指先の仕事なので、疲れてきたら能率ががくんと落ちるのだ。

私と弟はいつもなら父と銭湯から帰ってくると、すぐに寝なければならないのだが、大晦日だけはいつまで起きていても叱られなかった。

父は一階でテレビを見ている。弟は眠たくなって仮眠場所のこたつに潜り込んだ。私は別に眠たくなかったが、同じようにこたつに足を突っ込んで漫画を読んだ。そしてときどき雑誌から顔を上げて、階段に目をやった。私には一つの魂胆があった。涼子が休みに上がってきたら添寝してもらおうと思っていたのだ。できれば胸の中に抱かれて眠れたらいいなと虫のいいことを考えていた。

　誰かの足音が聞こえてくる。私は雑誌の上に顔を伏せて眠った振りをし、薄目で階段を見る。加藤さんだった。なんだ。私は眠る振りをやめて、頭を起こし再び漫画を読み始める。「ちょっと休ませて」と言って入ってくるなり、加藤さんはこたつに足を入れ、横になった。そのうち寝息まで聞こえてくる。私は上半身を起こし、加藤さんを見た。すっかり寝入っている顔だ。このときにそっと横に潜り込んだら一緒に寝られると、加藤さんを涼子に見立てて、私はほくそ笑んだ。

　しかし涼子はなかなか上がってこなかった。加藤さんの次は赤井さんで、その次は田辺さんだった。ついに私も眠たくなってきて、いつのまにか雑誌に突っ伏して寝てしまった。

　どのくらい眠ったのかわからないが、誰かに足を蹴られて私は目を覚ました。雑誌によだれが染み込んでいる。私は口許を手の甲で拭って起き上がり、こたつの反対側を見た。そこには弟と添寝をする涼子の姿があった。しかも涼子は弟を両腕で抱くようにして寝ているのである。どうして私ではなく弟なのか。私は面白くなかった。そのとき私には、涼子の背中側に潜り込んで一緒に寝るという考えは全く浮かばなかった。三人が入るにはこたつの一辺が狭すぎるということもあったが、何よりも涼子の胸の側《そば》で眠らなければ意味がないという気持ちがあった。

私は面白くない気分のまま、もう一度横になったが、眠れそうになかった。弟のものとおぼしき足を蹴ってみたが、相手は起きない。私はふと思いついて自分たちの部屋に行き、おもちゃの弓矢を持ってきた。矢の先に吸盤の付いたやつである。弟の顔の見えるほうに回り、額を的に近くから矢を放った。目標を逸れ、矢は髪の毛に当たって落ちた。弟は顔を少し動かしただけで、目を覚まさない。私は矢を拾い、今度は先ほどより弓を引き絞って慎重に狙いを定めた。

指を離すと、矢は弟の額の真ん中に音を立てて命中した。その瞬間弟は目を覚まし、一拍間を置いてから大声で泣き始めた。

「どうしたの」涼子も目を覚ました。そして弟の額にくっついている矢を見ると、「まあ」とそれを引きはがした。

「返してえな」私は涼子が矢をはがしたことが不満だった。

「義っちゃん、なんでこんなことをするの」

「返してえな」私は涼子の持っている矢をつかんだ。

「だめ」涼子は吸盤を握って離さない。引っ張り合いになり、吸盤の部分だけが抜けて矢が私の手に戻ってきた。涼子は泣いている弟を胸に抱き、「もう大丈夫よ。痛くないでしょ」と額の赤くなった丸いところに唇を当てた。

「吸盤を返せ」私は矢をつがえて、涼子の顔に狙いを定めた。嫉妬と羨望と怒りがごちゃまぜになって、私は興奮していた。

「だめよ。やめなさい」涼子は落ち着いた声で言うと、再び弟の額を指で優しく撫でた。

「返せ」弓を引き絞ったまま、私はもう一度言った。

「だめよ」涼子は弟に目を落としたまま答えた。

私は引くに引けなくなってしまった。指を離すか力を緩めるか、疲れてきてどちらかをしなければならない。「返せ」と小さく呟くと同時に、私は指を離した。矢はうつむき加減の涼子の左目に当たって弾けた。涼子は悲鳴を上げ、左目を手で押さえた。指の間から血が滲んでいる。途端に私はおろおろし出した。先ほどまでの興奮は消え去って、どうしたらいいのかわからなかった。

「どうした」背後で怒鳴り声がした。振り返ると、父が立っていた。私は弓を手から離した。

「兄ちゃんが……」弟が再び大声で泣き始めた。涼子は目を押さえたままうつむいている。

父は二人の側に寄ると、弟の様子を見、涼子の肩に手を置いて顔を覗き込んだ。

「血が出てるやないか」父が驚きの声を上げた。私は縮み上がった。

「義明、タオル持ってこい」

私は一階に飛んで降りて、タオルを取ってきた。騒ぎを聞きつけて母も上がってきた。

母は涼子の左目を押さえているタオルが血で染まっているのを目にすると、声を一オクターブ高くした。

目が心配だということで、父は大晦日にもかかわらず、かかりつけの医者のところに涼子を連れていった。母は店に戻ったかと思うと、すぐに顔を出し、「まだ戻らない」と私に訊いた。私が首を振ると、顔を引っ込める。田辺さんも加藤さんも赤井さんも次々に出てきて、「涼ちゃん、怪我したんやて」と私に訊いた。

「うん」

「どうしたん」

しかし私には答えられなかった。

幸いなことに、矢は目を傷つけてはいなかった。瞼《まぶた》の上の方に当たったらしかった。医者は、縫った方が早く治るが女の子だししかも顔だからと赤チンを塗って眼帯をしただけで涼子を帰した。血の量ほどには傷はひどくなかったのである。

母は父の報告を聞いてほっとしたようだった。「もし失明なんてことになったら、お母さんにどうやって謝ろうかと本当に心臓が縮んだわ」

私が父から厳しく叱られたのは言うまでもない。頭を拳骨で殴られた。自分が悪いので、どんなに殴られても仕方がないと私は覚悟を決めていた。しかし眼帯をした涼子が許してあげてほしいと私の隣で頭を下げたので、父もそれ以上手を上げなかった。

涼子の傷はほどなく癒《い》えたが、よく見ると目尻に一センチほどの傷痕が残っているのがわかった。涼子は別に傷痕を気にする風もなく、以前と同じように私に接してくれたが、私のほうには子供心にも負目があった。田辺さんが「その程度の傷、キスするくらい近づかな、わかれへんよ」と笑いながら言ったりすると、キスするときにはわかるんやと私は逆に落ち込んだ。涼子は結婚できるんやろかと本気で心配した。


父は涼子のことをどう思っていたのか、今となっては知る由もないが、ただの従業員として接していたとは考えにくい。母と同様に娘が一人増えたくらいに思っていたのか、あるいはそれ以上の感情があったのか。

涼子が来て二年目の夏、店の慰安旅行で琵琶湖に湖水浴に行った。父の会社の保養所にキャンセルがあり、父が母の意向を聞いて借りたのだった。毎年日帰りでどこかに行くことはあっても、泊まりで慰安旅行をするのは初めてだった。ましてや父が同行するのも今までなかったことだった。

保養所は湖岸のすぐそばに立っていて、小ぢんまりとした建物だった。私たちの他には泊まり客は一家族だけで、ほとんど借り切りみたいなものだった。

私たちは早速水着に着替え、岸辺に行った。五十メートルほどの砂浜があり、寝そべって日光浴をしたり、水辺で遊ぶ人の姿がちらほらと見えた。セパレーツの水着を着た赤井さんは恥ずかしい恥ずかしいと言いながら砂浜に出たが、意外と少ない人の数を見ると、ちょっと残念そうな顔をした。涼子は学校で着るような紺の水着だった。

母と田辺さんと加藤さんは保養所で借りたビニールシートを敷いて、日光浴兼おしゃべりを始めた。私と弟は浮き袋につかまって波打ち際で波乗りをして遊んだ。水は少し冷たくて、ところどころに藻が生えていた。涼子は赤井さんと岸に沿ってきれいな抜き手でひと泳ぎすると、母たちのところに戻った。

遅れてやって来た父が涼子に何か声を掛けている。涼子は頷《うなず》いて立ち上がった。二人がこっちへ歩き始めると、「あなた、あまり遠くへは行かないで下さいね」と母が声を掛けた。「わかってる」父はぼそっとそう答えると、涼子と一緒に湖に入った。両手で胸に水を掛けてから涼子と並んで沖に向かって泳ぎ始めた。涼子も父に倣って、抜き手ではなくて本格的なクロールで進んでいく。

私は水から上がると、母のところに行って「お父ちゃん、さっきお姉ちゃんになんて言うたの」と訊いた。

「クロールはできるかって言ったの」

「それだけ？」

「そうよ」

「だったらなんであんなに遠くまで行ってしもたん」

二人の姿は遥か沖合いに点になっていた。

「遠くまで行かないでって言ったのに」母は不機嫌な声でそう言った。

「ご主人、涼ちゃんが泳げるんでうれしくなったんと違いますか」

加藤さんがとりなすように言った。

「そうなのよ。子供のころ浜寺の水練学校で鍛えられたというのが自慢なのよ」

「あら、ご主人て、自慢なんかしやはるんですか」

田辺さんがすっとんきょうな声を出した。

「そりゃあするわよ。男ですもの」

波があっても二人の姿は見えていたが、先ほどより様子が少しおかしかった。二つの点が一つに重なり、泳ぐというより一つ所にじっとしているように見えた。母たちも何かおかしいことに気づき、シートから腰を上げると水辺まで出てきた。

一つに重なった点が岸辺に戻り始めた。

「何かあったのかしら」母が呟いた。

そのうち様子がはっきりし出した。紺色の水着を着た涼子が仰向けになっており、父が彼女の顎の辺りに手を掛けて引っ張っているのだった。

母たちは大騒ぎし出した。誰かを呼びに行ったほうがいいんじゃないかとかボートを借りて助けに行こうとか口々に言い合いながらも、なすすべなくおろおろしているだけだった。弟はそんな母の姿を見て、しきりに手を引っ張って水辺から引き離そうとしていた。

赤井さんが「私、行ってきます」と沖に向かって泳ぎ始めた。母は私の持っていた浮き袋をつかむと、「赤井さん、これ持って行って」と放り投げた。赤井さんは横に落ちた浮き袋に腕を入れ、泳ぎにくそうに平泳ぎで進んでいった。

赤井さんが二人に合流すると、まず涼子を浮き袋の中に入れ、父と赤井さんが浮き袋を押しながら泳ぐという恰好になった。それを見て母も田辺さんも加藤さんもやっと胸をなで下ろしたようだった。私は初めから心配などしていなかった。こわい父親だったけれど、いや、こわい父親だったからこそ大丈夫だという確信めいたものがあったからだ。

母たちは水の中に入って、父と涼子と赤井さんを迎えた。涼子は右脚のこむら返りで足をひきずり、父は疲労困憊《こんぱい》の体でシートの上に倒れ込んだ。

涼子が本当に申し訳なさそうな表情で母に謝った。

「別にあなたが謝らなくてもいいのよ。悪いのはこの人なんだから。私があれほど遠くまで行かないでって頼んだのに、あんなに遠くまで行ってしまうんだから。こんな冷たい水の中をいきなり泳がせたら、誰だってこむら返りくらいなりますよ。そんなこともわからないで、どんどん泳いでいってしまうんだから。どんなに心配したことか、こっちの身にもなって下さい」

母は本当に怒っていた。父は目を閉じて聞いていたが、ゆっくりと起き上がると、「すまん」とひとこと言った。そして田辺さんや加藤さんを見回して「心配かけて申し訳ない」と頭を下げた。

「先生、もうええやないですか。こうしてご主人も涼ちゃんも無事だったことだし」と田辺さんが言った。

「それにしてもご主人、さすがやわあ。溺れている人を助けることもできるんですね」

父は照れ笑いを浮かべ、再びシートに倒れ込んだ。

その晩、どういうわけか父の機嫌がよかった。食事が終わってテレビを見てくつろいでいるとき、父がダンスをしようと言い出した。小さな保養所なのに、二十畳ほどのバーカウンターの付いたホールがあったのだ。

「あれえ、ご主人、ダンスなんかされるんですか」と田辺さんが訊いた。

「学生のときに覚えたのよ。慶応ボーイとしてかなり鳴らしたんだって」と母が代わりに答えた。父は笑っている。

私には初耳だった。父とダンスがうまく結びつかなかった。ダンスをしている父というのはいつもの父とは正反対のタイプに思えたのだ。

だからダンスホールでレコードから流れる音楽に合わせて父と母が踊っている姿を見たとき、私はどこか裏切られたような気持ちになった。私や弟に対して、どうしてダンスを踊るような父親であってはいけないのかという思いがしたのだった。

父は上機嫌で田辺さんたちにルンバやジルバを教えた。中でも涼子は呑み込みが早く、すぐに父の相手になってステップを踏めるようになった。

「やっぱりリズム感がいいのね」と母が感心した。

父は涼子の呑み込みのよさが楽しいらしく、次々と複雑なステップを教えて、何曲も踊り続けた。


ＮＨＫのど自慢素人演芸会の予選が行われたのは、確か十月だったと思う。たまたま近くの市民会館で行われることになり、涼子の歌の上手なことを知っていたお客さんが教えてくれたのだ。母も田辺さんもまるで自分が出るみたいに大乗り気で、涼子に出場を勧めたが、涼子はなかなかうんとは言わなかった。日時が日曜日であるため仕事を休まなくてはならないのと、予選を通過しても賞品が出るわけではないからというのが渋る理由だった。

「何言ってんの、予選に通ったらテレビに出られるのよ。それに仕事の方は大丈夫。何なら店を休んでみんなで応援に行ってもいいくらいよ」

母がそう言うと、涼子は「そんなの、困ります」と手を振った。

「お姉ちゃん、出たらええのに」と私が言った。

「今度は何ももらえないんよ」

「テレビに出たら、恰好ええもん」

「でも、大勢の前で歌うの、恥ずかしいわ」

「去年の盆踊りでは、堂々と歌ってたじゃないの」と母が言う。

「あのときは何だか無我夢中でしたから」

「テレビに出たら、田舎のお母ちゃんも見るんと違う？」

私はふっと思ったことを口にした。その一言が涼子を動かしたようだった。母が後で、義明は人情の機微を心得ていると大げさに感心したが、私にはそれがどういうことなのかわからなかった。自分ではただの思い付きに過ぎなかったから。

当日、午前十時に市民会館に集合ということで、涼子は店を開ける九時前に母から髪をセットしてもらった。母は赤くて派手なワンピースを着たらと勧めたが、涼子は目立つと恥ずかしいのでと紺色のスカートに同色のカーディガンを着た。

父が自転車の後ろに涼子を乗せて行くことになり、私は歩かなければならなかった。母は弟を連れていくようにと言ったが、私はあかんべをして一人で行った。

市民会館に着くと、父が自転車の横で難しい顔をして立っていた。お姉ちゃんはと訊くと、もう入ったと父は答えた。

会場の入口には、「ＮＨＫのど自慢素人演芸会予選会場」と墨で書かれた紙が貼ってあった。中に入ると前の方に大勢の人がいて、私はぎょうさんの人が見に来てると思ったが、実はそうではなくみんな予選に出る人たちだったのだ。見るだけの人は後ろのほうにちょろちょろといるだけだった。父と私も後ろの席に腰を下ろした。

時間が来て、司会の人が舞台に立ち、次々と名前を呼ぶ。呼ばれた人は舞台に上がってアコーディオンの伴奏で三節ほど歌う。そして鐘が鳴っておしまい。一つだけ鳴った人はそのまま舞台を降りて帰ってしまう。連打された人は舞台の袖に消える。

涼子の名前が呼ばれたのは、二十人くらいが終わったころだった。歌は「高校三年生」で、遠くからは彼女が緊張しているかどうかなどは全くわからなかった。ただ歌声は去年の盆踊り大会と同じく澄んでいて、すぐに鐘が連打された。私はやった、やったとはしゃいだが、父はむずかしい表情を崩さなかった。

「合格する人数が多過ぎるから、まだテレビに出られるとは限っていない」と言って父は私をたしなめた。そう言われると、確かにそうだった。二次予選があるのかと父も私も最後の人間が舞台に上がるまで見続けたが、結局それで終わりだった。

何だかよくわからないまま外に出て涼子を待ったが、彼女はなかなか出てこなかった。一時間ほど経って、先に帰ろうかと父が言った矢先、涼子が姿を現した。浮かない顔をしていたので、私はてっきりだめだったと思った。

「どうだった」と父が訊いた。

「テレビに出られるみたいです」

しかし涼子はうれしそうな顔をしなかった。

「やったやんか、お姉ちゃん」

私一人が涼子の手を取ってはしゃいだ。涼子の話によると、合格した人間が一人ずつ呼ばれて話を聞かれたらしい。涼子が、父の死で高校を中退して大阪に美容師になるために来ていることを話すと、すぐに出演が決まってしまったのだ。歌のうまさよりもその話のほうで決まってしまったようなのを涼子は気にしていた。

「どっちにしてもテレビに出られるんやから、これはグッドニュースや」

父が珍らしく軽妙な言い方をした。

「はい」初めて涼子が笑った。

店に帰ると、大騒ぎになった。母は実家のお母さんに電話しなきゃと言い、涼子が電話はないんですと答えると、それじゃあ手紙、いや電報がいいわと今にも郵便局へ駆け出しそうだった。

「郵便局はきょうは休みや」と父が笑い、「本番は一カ月も先なんやから、手紙で十分や」と言った。

田辺さんは田辺さんで、もう本番のときに涼子の着ていく衣装の心配をした。加藤さんも赤井さんもお客さんをそっちのけで、涼子に予選の様子を訊いたりした。涼子は戸惑うようなうれしいような表情で騒ぎの渦中にいた。

しばらくしてNHKから案内状が送られてきた。母は神棚があれば神棚にまつるんだけどと言いながら、仏壇に案内状を納めて手を合わせた。私も面白半分に涼子と一緒に手を合わせた。店が休みの月曜日には、母と田辺さんと涼子がそろって梅田の百貨店に衣装の下見に行った。行ったその日に決めればいいのに、なかなかそうはいかないらしかった。

レコードプレーヤーを買ってきたのは父で、その日から毎晩「高校三年生」が流れることになる。それまで誰もレコードを聞いて練習しようなどとは思いも付かなかったので、父はみんなから褒められた。そういったことすべてがひょっとしたら重荷になるかもしれなかったが、涼子はそんな素振りはこれっぽっちも見せず、どこか楽しい遠足を心待ちにしている子供のようなところがあった。テレビに出て歌うだけでいい、合格なんて考える必要がないと思っていたのかもしれない。

本番当日は日曜日で、お昼の生放送だった。母は店を休んでみんなで応援に行きたかったらしいが、涼子が頑として承知しなかった。臨時休業をするんだったら、テレビに出ませんと言ったらしい。みんなに応援に来られたら、上がってしまって歌えなくなるからというのが、その理由だったが、もちろんそれは表向きで、稼ぎ時の日曜日に店を休んでもらうわけにはいかないという気持ちがあったのだろう。

母は納得して、代わりに父に私と弟を連れて応援に行ってほしいと頼んだが、父はだめだめと手を振った。どうやら応援席を映されて自分の姿がテレビに流れることを恐れたらしい。結局涼子一人で大阪放送局まで出かけた。

昼前になると仕事もそっちのけで、全員食堂のテレビの前に集まってきた。事情を話すとお客さんまでが中に入ってきて、テレビに見入った。父は会社で借りてきたカメラを手にしている。

番組が始まって五人目に涼子が登場した。母と田辺さんが選んだピンクのワンピースに白い靴を履いている。全員が拍手をする。涼子は堂々として見えた。涼子の髪がきれいに仕上がっているのを自分で褒めてから、「この子、テレビ映りがいいわ」と母が言った。確かに涼子は美しかった。本物の歌手のように、登場しただけで画面が華やかになった。

歌は一カ月近く聞き続けた「高校三年生」だった。父は画面に近づいてカメラのシャッターを押す。歌の途中でこれは合格間違いないわと誰かが言い、ほどなく鐘が連打された。また拍手が起こる。そして驚いたことに、涼子がチャンピオンに選ばれたのだった。司会者は涼子が父の死によって高校を中退し、美容師になるために頑張っていることを紹介し、ふるさとのお母さんに挨拶したらと促した。涼子は少し戸惑ってから右手を小さく振ると、「お母ちゃん、やったよ」と言い、そのまま手を目頭に当てた。母も田辺さんももらい泣きをして、目頭を押さえる。司会者が「お母さん、あなたの娘さんは大阪で頑張っていますから心配なさらないで下さいね」と言って番組は終わった。

涼子が帰ってきて、また大騒ぎだった。チャンピオンのトロフィーを囲んで写真を撮ったり、涼子がはやっている歌謡曲を次々と歌った。加藤さんと赤井さんも最後まで付き合って、零時過ぎにタクシーで帰っていった。

それから二週間ほど経ったころだった。私が学校から帰ると、田辺さんや加藤さんが騒いでおり、何事かと思ったらレコード会社から涼子に電話があったと言うことだった。私は別に驚かなかった。誰だってあのテレビの涼子を見たら、歌手にしようと思うに違いないという気がしたから。去年の盆踊り大会のときから、そんな予感がしてたんやと私は田辺さんに言ったが、田辺さんは全く聞いていなかった。母だけが困ったような顔をしていた。

夜、父はその話を聞くと、本人の意志を確かめるのが一番だからと涼子を呼んだ。

「歌が好きか」

涼子は頷いた。

「歌手になりたいか」

涼子は少しためらってから、小さく頷いた。

「よし、わかった。実家のお母さんと相談して決めなさい」

傍で聞いていた母があわてて、「あなた、そんなふうに簡単におっしゃらないで下さい」と言った。「この子を美容師にするために、私はお母さんから預かったんですよ」

「そやから、お母さんと相談しなさいと言うてるやろ」

母は言葉に詰まり、涼子に向かうと、「歌手なんかに簡単になれないんだから、ようくお母さんと相談して決めるのよ。いい、わかった?」

涼子は真剣な顔で「はい」と頷いた。

「歌が好きやから歌手になりたい。単純な話や。気に入った」

父もどうやらレコード会社からの話に興奮しているようだった。

それから何回か涼子の母親と母の間で手紙のやりとりがあり、結局母が涼子の保護者代わりとして、東京のレコード会社まで付いていった。店が休みの月曜日の朝早く出て、当時新しくできた新幹線で東京まで行き、夜遅く帰ってきた。私は新幹線に乗った母や涼子が羨ましくて仕方がなかった。私は帰ってきた母に、涼子のことはそっちのけでひかり号のことばかりを訊いた。まだ新幹線に乗ったことのない父も、一応涼子のことの報告を聞いてから、ひかり号の話に耳を傾けた。

涼子はレコード会社からの紹介で、年が明けてから週一回月曜日に宝塚に住む作曲家の歌唱指導を受けることになった。作曲家のオーケーが出たら、レコードデビューするということだった。

歌唱指導が始まると、月曜日ごとに私は涼子と一緒に家を出た。私は中学一年になっており、大阪市内の中学校に越境入学をしていた。そのため京阪電車で天満橋まで通っていたのだが、涼子はその先の淀屋橋まで行って地下鉄に乗り換え、梅田でさらに阪急に乗り換えて宝塚に通った。私が電車に乗るころはちょうどラッシュアワーで、母は時間を遅らせたらと言ったが、涼子は早く行かないと先生がうるさいんですと時間を変えなかった。涼子は私と一緒に出かけることを喜んでいるようだった。私は離れて歩きたいような、しかし一方では並んで歩きたいような複雑な気持ちだった。ホームで電車を待っているとき、サラリーマンたちの視線が隣の涼子にちらちら行くのを私は見逃さなかった。私は綺麗な姉を持った弟のように何となく誇らしい気持ちになった。だからラッシュアワーの先輩として涼子を守らなければならなかった。乗客のなるべく少ない車両を選び、ドアが開くとさっと入って反対側のドアと座席の空間を確保し、そこに涼子を入れて私が他の男たちから守るという体勢を取った。そういう体勢の取れないときは、二人とも乗客の動きに身を任せるしかなかった。私の身体は涼子に密着し、彼女の匂いが鼻腔を打った。

天満橋のホームに電車が入ると、涼子もドアの近くまで来て、私が降りるとドア越しに涼子が手を振ってにこっと笑った。私も笑い返し思わず手を振ると、同級生が見ていないかと周りを見回した。誰もいないとわかると、もう一度涼子に手を振ってホームの階段を駆け上がった。

涼子は月曜日以外でも、先生から課題を与えられているらしく夜になるとレコードの伴奏で歌の練習をした。のど自慢素人演芸会の前の練習とは比べものにならなかった。まず第一に声量が違った。二階の子供部屋にいても、まるで隣で歌っているような感じだった。

それに同じところを何度も練習する。さすがに母も困って、涼子の練習場所を店の中にした。田辺さんと涼子の部屋が声をある程度遮断し、食堂兼居間にあるテレビも何とか聞こえるようになった。

涼子は月曜日の夜には、いつも疲れきった表情で帰ってきたが、どことなく楽しそうだった。私と弟のためにケーキを買ってきてくれることもあった。本来の仕事である美容師見習いも手を抜くことなく真面目にやっていたが、夜は歌の練習に取られて仕事の練習ができなくなった。美容師というのは手先の仕事だから、技術を身につけるには練習しかないのだ。しかしその時間がない。母はこのままではどっちつかずになると心配したが、それは杞憂に終わった。

四月になって私は中学二年生になり、その初めての月曜日涼子と二週間ぶりに一緒に電車に乗ったのだが、それが最後の同伴通学になってしまった。その晩、涼子は帰ってこなかった。それまで無断外泊はおろか、ただの外泊さえしたことがなかったから、母も田辺さんも驚いたが、ただ行き先はわかっているので、それほど心配をしているようには見えなかった。

しかし次の晩もその次の晩も涼子は帰ってこなかった。連絡もないのでさすがに心配になって、母が作曲家の家に電話をした。お手伝いさんらしい女性が出て、涼子は当分住み込みで歌手になるための勉強をするということを伝えたらしい。それを聞いて、父が途端に不機嫌になった。向こうに連絡して、とりあえず帰ってくるように言えと母に怒鳴った。だが、すでに母は諦めているようだった。涼子は歌手になるために住み込んだのではなくて、愛人として囲われているに違いないというのが母の言い分だった。田辺さんが電話をして直接涼子と話した感触からも、それは裏付けられたようだった。

もちろんこういった話は私と弟を二階に上げたうえで交わされたことだったが、私と弟は階段の下り口で腹ばいになって聞いたのだった。

母はそう言えば近ごろ涼子の様子がどことなくおかしかったと言い出した。仕事中にぼおっとしていたり、意味もなく笑い出したりすることがあって、変だなと思っていたのだが、「こういうことだったのね」と溜め息をついた。

「女の子を預かるって難しいわね」

傍らで聞いていた田辺さんが困ったような表情を見せた。

私も薄々と涼子の陥っている情況が呑み込めてきたが、涼子が私にそんな素振りを少しも見せなかったのが不思議だった。あるいは見せていたのかもしれないが、私が幼すぎて気づかなかっただけなのかもしれない。

一度だけ涼子に作曲家の先生のことを尋ねたことがある。

「どんな先生やの」ホームで電車を待っているときだった。涼子はしばらく笑ってから、「厳しいけれど、面白い先生」と答えた。

「ええな」私は学校の先生のことを思い浮かべ、心底そう思った。面白い先生がいなかったのだ。

「義っちゃん、一度一緒に来る？」

「うん」

しかしその機会は来なかった。

涼子が戻ってきたのは、四カ月後の夏だった。夕食が終わってテレビを見ていると、玄関の引き戸が開き、田辺さんに連れられて涼子が入ってきた。うつむいている。

「あ、お姉ちゃん」弟が声を上げた。

「義明、友昭《ともあき》、二階に行っていなさい」母が言った。父は難しい顔をしている。二人とも驚かないところを見ると、あらかじめ涼子が来るとわかっていたようだった。私と弟がぐずぐずしていると、「早く行かんか」と父が怒鳴った。

私と弟は二階に飛んでいき、例によって階段口に腹ばいになった。

「とにかく涼ちゃん、ご主人に謝るのよ、ね」田辺さんの声だ。次に何を言っているのかわからない涼子の小さな声。

「何しに帰ってきた」と父が言った。

「あなた、そんな言い方はないでしょう。この子もこうして謝っているんですから」

「うるさい、お前は黙ってろ」

父の興奮した声に私は耳を塞《ふさ》ぎたくなった。

「家には二人の息子がいるんや。まだ子供や。そんな子供の前で色恋沙汰の騒ぎを起こしてもらいたくないんや。わかるやろ。親として当然の気持ちや」

「やっぱり駄目ですか」田辺さんが言った。

「あかん」

突然ばたんという音がした。私は階段下の突き当たりにある便所に行く振りをして階段を降り、戸の隙間から食堂を覗いた。椅子が倒れており、涼子が床に土下座をしていた。

「心を入れ替えて、美容師になるために一生懸命勉強しますから、どうかここに置いて下さい」

そう言うと、涼子は嗚咽を漏らし始めた。田辺さんが涼子の腕を取って、「いいから、もう立ちなさい」と声を掛けても、首を振って泣くばかりだった。私には父が涼子を泣かせているとしか思えなかった。

「おまえに任せる」と父が母に言って立ち上がり、階段の戸を開けた。私と目が合うと、父は一瞬驚いた表情を見せたが、すぐにこわい顔に戻って二階に上がっていった。私は床に両手をついたまま泣き続ける涼子の姿をじっと見ていた。

結局母の執り成しで涼子は再び従業員として働き始めたが、以前の元気はまるでなくなってしまった。鼻歌さえ口ずさまなくなり、ぼんやりとしていることが多くなった。休みの日に外に出ることはなく、というより外出できるような雰囲気ではなく、涼子宛の電話にも母か田辺さんが出て、本人には取り次がなかった。子供心にも、こんなことは絶対におかしいと私は思った。当然長続きはせず、二カ月後涼子は黙って出ていき、二度と姿を見せなかった。

田辺さんの話によると、実家にも連絡がないということで、作曲家の許へ戻ったのではないかと母も勝手な憶測をした。私だけが涼子は歌手になるために勉強してるんやと思い、いつか新人歌手としてデビューするに違いないとそれらしきテレビ番組があると必ず見たが、涼子の姿はどこにもなかった。涼子が歌手になれないのは、私が矢で彼女の目尻に負わせた傷のせいではないかと私は本気で考えた。その後悔の気持ちは長く私を苦しめた。

二年後、作曲家の死亡記事が新聞の片隅に小さく載ったが、もちろん涼子のことなどどこにも書いていなかった。

さらに二年後、私は大学生として名古屋にいた。当時大学紛争が頂点に達していたときで、私も全学共闘会議の一員として、大学改革を叫んでいた。

栄の久屋大通りで安保反対のジグザグデモをしていたとき、機動隊の規制を受けて小競り合いとなり、私と他の数人が頭を割られて入院をした。

そんなある日、看護婦が面会の方ですよと六人部屋の私のベッドのところにやって来た。私は読んでいた雑誌を枕許に置き、上半身を起こした。面会人の心当たりがつかなかった。入院して一週間以上経っており、来そうな人間は最初のころにみんな来ていたからだった。

看護婦の後から遅れて和服姿の女性が現れた。私に向かって深々とお辞儀をする。その瞬間、私は涼子であることを認めた。服装も髪型もまるで変わっていたが、面差しは昔と同じだった。

「こんにちは」私は間の抜けた声を出して頭を下げた。

涼子はいたずらっぽい目で私をじっと見てから、「誰だかわかります」と言った。

「うん」と私は答えた。「お姉ちゃんでしょ」

「ああよかった」涼子は胸に手を当てると、ほっとしたような声を出した。「義っちゃんは全然変わってないもの。身体も大きくなって、顔も大人っぽくなったけど、この辺りは全く一緒」

涼子は自分の鼻の周りを指で円を描くようにした。

「私のほうはずいぶん変わったでしょ」

「ううん、一目でわかったよ」

「うれしい」

そこで話が途切れた。私には訊きたいことが山ほどあったが、どれもこれもこちらから訊いてはいけないことのように感じていた。とりあえず涼子に椅子を勧め、彼女は持ってきた紙包をお見舞いと言って私に渡してから腰を下ろした。山の写真集だと彼女は言った。私はそれを枕許の雑誌の上に置いた。

「先生はお見えになるの」と涼子が訊いた。私は一瞬担当医の先生のことかと錯覚したが、すぐに母のことを言っているのだとわかった。

「最初の二日は泊まり込んでくれたけど、後は月曜日にだけ」

「大阪からですもの、大変よね。ところでお父様はお元気」

「父は死にました」

「え？」

「一年前に癌で」

「そうなの」

涼子はうつむいて、しばらく黙った。私は涼子が今にも泣き出すのではないかと思った。私は何か話さなければならないと思い、どうして私がこの病院にいることがわかったのか尋ねてみた。涼子は顔を上げ、少し笑顔を見せてから「新聞記事なのよ」と答えた。デモ隊が機動隊と衝突して三人の学生が公務執行妨害の罪で逮捕されるという小さな記事の中に、私の名前が載っていたと言うのだ。変わった名前だからもしやと思って新聞社に問い合わせ、こうして来てみたらやっぱりと涼子は笑った。記事が載ったのは一週間以上も前の話だし、どうして今ごろという気がしたが、私は黙っていた。ひょっとしたら母と顔を合わせたくなかったのかもしれないと私は思った。

隣のベッドのラジオからナツメロ番組なのか古い歌謡曲が流れてきた。私と涼子はふっと耳を澄ませた。「高校三年生」ではなかったが、よく涼子が口ずさんでいた歌だった。不意に私はこうして涼子に再会できたことを奇蹟のように感じた。会ってすぐに感じなかったのが不思議なくらい懐かしさが私を満たした。

「あら、もうこんな時間」と涼子は腕時計を見ると、立ち上がった。

「先生のためにもあまり無茶をしないで、頑張ってね」

「うん」

「それじゃあ」

涼子は軽く頭を下げて行きかけたが、すぐに戻ってくると、バッグから紙切れを取り出した。

「はい、これ」と言って、涼子は私にそれを手渡した。普通のものよりも一回り小さい名刺だった。「クラブ亜紀美」という文字が刷ってある。

「小さいお店だけど、何と私がママをしているのよ」

涼子は少し恥ずかしそうにそう言うと、「頭の怪我が治ったら、一度遊びに来て。友達と大勢で来てもいいわよ」と付け加えた。私には頷くものがあった。和服姿の涼子を見た瞬間から、そんな気がしていたのだ。

「すごい」と私は答えた。「ぜひ行くよ」

しかし怪我が治って退院しても、私はなかなか涼子の店に行こうという気にはなれなかった。涼子の変わりようを見るのがこわかったせいかもしれない。

一カ月たって、ようやく私は決心して、涼子の店に出かけた。桜通から栄に向かう筋の真ん中あたりのビルの六階にあった。今まで女の子のいるスナックには入ったことがあったが、ホステスが横に坐るような店には入ったことがなかった。

私は名刺の「亜紀美」という文字と看板の文字が同じであることを何度も確かめてから、

エレベーターに乗り込んだ。

六階には店が二つあり、手前の扉に「亜紀美」という札が掛かっていた。黒塗りのいかにも頑丈そうな大きな扉だった。思い切って扉を押すと、ちりんちりんと鈴の鳴る音がした。同時に「いらっしゃいませ」という何人かの女たちの重なり合う声が聞こえてきた。恐る恐る身体を入れると、頭を整髪料で光らせたウェイターがやって来て、珍しい動物でも見るような目付きで私を見た。私はジーンズに長袖のセーター、それに運動靴だったから、警察に追われて迷い込んできたデモ学生に見えたかもしれない。私は手に持っていた名刺を相手に示しながら、「えーと、……ママは?」と店内を見回した。結構広い店で、四人のホステスがカウンターの椅子に腰を掛けながら私の方を興味深そうに見ている。どうやら私がその日の最初の客のようだった。

「ママに何かご用ですか」

「ちょっと話があって……」

「話?」

「はい」

ウェイターは疑わしそうな目をしていたが、たぶん名刺の威力だろう、私を案内してカウンターの端に坐らせてくれた。ママは一時間ほどしたら出勤するということだった。

そのうち背広姿の男たちがやって来て、店内は急ににぎやかになった。私は注いでもらったビールにほとんど口をつけずに、涼子の現れるのを待った。一時間というのは長くて、もう一度出直そうかと何度も思ったが、そうしたら二度と来る気がしなくなるような気がして我慢した。

「義っちゃんじゃない」突然後ろから声がかかった。振り返ると和服姿の涼子が笑いかけていた。

「一時間も待っていたんですって。どうして電話しなかったの」

全く思いつかなかったから、私には答えようがなかった。

「きょうは一人？　友達と一緒じゃないの」

「うん」

「そこじゃ話しにくいから、こっちに来て」

涼子は私をボックス席に案内した。私は落ち着かなかった。涼子の店を一目見るだけで目的は達したという気持ちだったから、ボックス席に腰を落ち着けることに抵抗があった。だから早く帰りたいという意味で、「あまりお金持ってないから」と言うと、「何言ってるの。お金のことは心配しないで」と涼子に叱られてしまった。

涼子は私の向かいに腰を下ろすと、病院のときとは違って次々と私や家のことを訊いてきた。私の大学での生活や専攻科目、全共闘運動のこと、果ては仕送りの額やガールフレンドのことまで。私はひとつひとつの質問に丁寧に答え、家のことに話が移ると、田辺さん、加藤さん、赤井さん、それに弟の近況を語った。田辺さんは結婚と同時に店を辞めて最近子供ができたこと、加藤さんは実家の近くで自分の美容院を開いたこと、赤井さんは国家試験に合格して一人前の美容師としてまだ店で働いていること、弟は高校に入学し、野球に熱中していること。

「みんなに一度会いたいわあ」聞き終わると、涼子はそう言った。心からそう思っているように見えた。

そのうち客が立て込んできて、涼子は客の応対に追われ出した。私の相手に涼子と同じくらいの年ごろのホステスがやって来て、私の隣に腰を下ろした。私は身体を堅くした。

ホステスは私のグラスにビールを注ぎながら、「ねえ、あなた、ママの弟さんなんですって」と言った。

私は驚いたが、「ええ、まあ」と答えた。

「ずっと会ってなかったんですって」

「ええ」

「どうして」

「……帰らなかったから」

私は主語を省いて自分とも涼子ともつかないように答えた。

「聞いてるわよ。ママ、歌手になるまで在所に戻らないって言ったんでしょ」

「……ええ」

「でも、新人歌手のキャンペーンのときに戻らなかったの?」

「お姉ちゃん、歌手になったんですか」

「あれえ、知らなかったの」

「ええ」

「舞原亜紀美という名前で確か五年前にデビューしたのよね。でも一曲だけで終わり。ほら、ここの店の名前の亜紀美はそこから取ったのよ」

「デビュー曲の名前は何ですか」

「えーと、確か『恋のカルテ』とかいうポップス調の歌謡曲よ。私、一回だけ聞いたことがあるけど、売れそうもない曲だったわね。私思うんだけど、ママは絶対演歌よ。ママの声って演歌向きだもの。私、演歌歌手として再デビューしなさいよってママに言ったことがあるんだけど、笑ってごまかされちゃった」

私はトイレに行き、ボックス席には戻らずに帰ることにした。これ以上いても涼子と話ができそうもないし、ボックス席を一人で占領していることも気になっていたのだ。その旨を涼子に告げると、「また来てね」とドアのところまで送ってくれた。

「今度来るときは電話してね」

「うん」

ドアを開けて出て行こうとすると、「絶対にもう一度来てね」と涼子が念を押した。

「うん」

行こうとすると、「義っちゃん、ちょっと待ってて」と言って涼子は中に引っ込んだ。しばらくして涼子は和装コートを羽織り、バッグを持って出てきた。私が怪訝《けげん》そうな顔をすると、「仕事はもうおしまい。今夜は義っちゃんに付き合うわ」と涼子は舌を出して笑った。

下に降りて通りでタクシーに乗った。涼子は私にお腹がすいていないかと訊き、私が首を振ると、「じゃあ、義っちゃんのよく飲みに行くところは?」と尋ねる。

そんなところはなくて私が返答に詰まっていると、「そうだわ。私のところで飲みましょ。それがいいわ。その方がリラックスできるし。ね、いいでしょ」

涼子の言い方はやさしかったが、有無を言わせない力があった。私は口ごもりながら「ええ、まあ」と答えるしかなかった。

涼子は運転手に行き先を指示し、「久しぶりに弟に会ったから、積もる話がいっぱいあるのよ」と話しかけた。

「ほう」と答えて、運転手はタクシーを発車させた。

私はホステスから聞いた話を涼子に確かめてみた。涼子はキャンペーンで全国のレコード店やラジオ局を回った話をした。

「確か札幌の一番大きなレコード店に行ったときね、プロレスラーの肩に担がれて歌ったのよ。そうしたら途中で後ろに倒れそうになって、思わずマイクを落としてしまい、店長にえらく怒られたわ」

涼子はそう言って、懐かしそうに笑った。

涼子の住まいはマンションで、出入口に鍵のかかった豪華な建物だった。部屋は四階で、涼子はバッグから鍵を取り出してドアを開けると、「ちょっと待っててね」と先に中に入った。

私は「関口」と書かれた表札に目をやり、左右の廊下を見た。人気《ひとけ》がなく、静まり返っていた。何だか異次元の空間に迷い込んだような錯覚を覚えた。

ドアが開き、「どうぞ」と涼子が招いた。「お邪魔します」と私は呟いて中に入った。

運動靴を脱ごうとすると、スキー板が立てかけてあるのが目に入った。私が見ていると、「スキーをするのよ。新人歌手のキャンペーンのとき体力のなさを痛感したものだから、先生に勧められて」と涼子が言った。先生とは誰のことかと思ったが、黙っていた。

「義っちゃんはスキーする？」

「ううん」

「したらいいのに。名古屋はスキー場に近いんだから、大学にいるうちに覚えたら面白いわよ」

お金がかかるからと答えようとして、やめた。

部屋は新しく、真ん中に十五畳ほどもある木の床の居間があった。四畳半の自分の下宿と比べると、雲泥の差があった。

ソファーがあり、涼子は私をそこに坐らせた。足許には毛足の長い円形の絨毯が敷いてあった。涼子はテレビをつけ、着替えるからと別の部屋に入っていった。テレビを見るのは久しぶりだった。ニュースが流れており、どこかの大学に機動隊が入ったことを報じていた。

涼子はワンピースの部屋着に着替えて出てきた。和服に比べてずいぶん若く見え、歳の差が縮まったせいか私は急にどぎまぎした。

「何か食べる」と涼子が訊いたので私が頷くと、彼女はカウンターテーブルの向こうのキッチンに入った。

「先生のところでご飯ごしらえをさせてもらったおかげで、私、料理が得意になったのよ」

キッチンから涼子が声をかけた。この先生とは母のことだと察しがついた。

「それに掃除や洗濯まで手早くなって、まるで花嫁修業をさせてもらったようなものね。店の女の子の髪もセットしてあげられるし」

私は手を洗うために涼子に場所を訊いて、洗面所に行った。広々としていて、隣にはバスルームがあった。私は感心しながら眺め、それから水道の蛇口をひねって手を洗った。そのとき鏡の下の棚に髭剃りを見つけた。手に取ってみると、胡麻のような髭が刃の間に残っていた。鏡を開けて中を見ると、歯ブラシが二本あり、男物の整髪料もあった。私はあわてて鏡を閉め、居間に戻った。

涼子が作ったのは、沢庵入りのチャーハンだった。スープもついている。それをソファーの前のガラステーブルに置き、絨毯に直接腰を下ろして、二人で並んで食べた。

「お姉ちゃんの作った料理を食べるの、何年振りかなあ」

私が何気なくそう言うと、涼子はスプーンを運ぶ手を止めた。横を見ると、涼子が涙を流していた。指で目許を押さえ、溢れるものに耐えているようだった。

「ごめんね。泣くつもりなんかなかったんだけど」

「いいよ」

それから涼子は自分のことを話し始めた。作曲家の先生と結婚しようとしたけれど、奥さんがどうしても離婚に応じなかったこと、そのためずっと愛人の立場でいたが、先生が突然亡くなって途方に暮れたこと、大阪に居づらくなって、人の紹介で名古屋に来て水商売に転じ、一年前に銀行からお金を借りて今の店を持ったこと。

「デビュー曲はその先生の作曲？」

「そうよ」

「聞かせてほしいけど、レコードある？」

「あるわよ」

涼子はオーディオセットの横のボックスを開け、中から一枚を抜き出してきた。白いパンタロンドレスを着た涼子が足を広げて横を向いている写真がジャケットに使われており、B面には「さよならは一度だけ」という曲が入っていた。

涼子は恥ずかしいわと言いながら、レコードをプレイヤーにのせスイッチを押した。

アップテンポのリズムで、恋のすれ違いを歌った曲だった。ホステスが言ったほど声と曲が合っていないとは思わなかった。むしろ涼子の声の透明感が生かされているように思えた。

歌が二番目に入ると、涼子は「ちゃんと振りもあったのよ」と立ち上がって曲に合わせて手足を動かした。三番になるとマイクを握った恰好をして実際に歌いながら、ワンピースの裾も気にせずに足を上げ、腕を回した。

終わると、息を切らしながら涼子は床に尻をつけ、両腕を後ろにやって上半身を支えた。

「五年経っても忘れないものね。自分でもびっくりしたわ」

「お姉ちゃん、目尻の傷、どうなった」

「え?」

「ほら、ぼくが弓矢で傷つけたやつ」

「ああ、あれ。別にどうもなってないわよ」

「ちょっと見せて」

私は近寄っていって涼子の左目に顔を近づけた。化粧のせいか、ほとんど傷痕は見えなかった。

「実は、お姉ちゃんが歌手になれないのは、その傷痕のせいかもしれないって思ってたんや」

「ほんと?」

「うん。それでまあ、子供心にも悩んでたときがあって」

「そうなの。でも、もう心配しないで。私は一応歌手になったし、成功しなかったのはたぶん運ね。傷痕のことなんか気に留めたこともなかったのよ」

「それを聞いて安心した」

「義っちゃんて、何だか私の本当の弟みたい」

「うん」

涼子がレコードをボックスに片付けていたとき、「そのレコード、余ってたら一枚もらえるかな」と私は頼んだ。

「いいわよ。売れなかったからいくらでもあるのよ」

涼子は冗談めかして答え、一度納めたレコードを再び引っ張り出した。そのとき「面白いものを見つけたわ」ともう一枚レコードを抜き出し、持ってきた。もう一枚のレコードとは「高校三年生」だった。中に数枚の写真が挟んである。どれもピントがよく合っていないが、涼子がのど自慢でNHKに出たときのテレビ画面を写したものだった。父が写したのだ。

「この写真、家にはもうないよ」

「私も見るのは久しぶりよ」

「これに出えへんかったら、お姉ちゃんの人生も全然変わってたんやろな」

「今ごろは一人前の美容師になって、ひょっとしたら結婚して子供もいたかも」

「後悔してる？」

「ぜーんぜん」そう言って涼子は笑った。

私は帰ることにした。涼子は泊まっていったらと言ってくれたが、私はこのまま帰ったほうがいいような気がしていた。午前零時を過ぎており、地下鉄もバスもなかったが、「タクシーで帰るから」と私は玄関に立った。そこで別れるつもりだったが、涼子は「そこまで見送るわ」と部屋着の上にナイトガウンを羽織ってサンダル履きで出てきた。

タクシーの通る国道まで出る道すがら、私と涼子はひんやりとした空気と夜の静けさを確かめるように黙って歩いた。

国道に出ても、すぐにはタクシーが来なかった。何台か客の乗ったタクシーを見送ったとき、「義っちゃん」と涼子が言った。

「うん？」

「私、一つだけ嘘をついたのよ」

「……」

「銀行からお金を借りて店を持ったって言ったでしょ。あれは嘘。男の人に出してもらったのよ」

「………」

「驚いた？」

「ううん。ひょっとしてそうなんじゃないかなって思ってたから」

「あれ、義っちゃんて大人なんだ」

私は苦笑した。

タクシーが止まってドアが開いた。

「義っちゃん、今夜はありがとう」

涼子が右手を差し出した。私はレコードを左手に持ち替えて、涼子の手を握った。細くて柔らかい手だった。

タクシーが動き出すと、涼子が手を振った。私も振り返した。いつかの通勤電車と同じだった。

タクシーが交差点を曲がるまで、手を振る涼子の姿が見えていた。


その後私は半年ほどで大学を辞め、大阪に戻って職についた。涼子とは二度と会わなかった。涼子と名古屋で会ったことも自分の胸の内だけに納め、誰にも話さなかった。

父の十七回忌のとき、久しぶりに田辺さんが顔を見せた。読経が済んで仕出しの料理を囲んでいたとき、「そうそう」と田辺さんが母に話しかけた。

「先生、関口涼子って子、覚えてはりますか」

「ええ、覚えてますとも。歌の上手だった子でしょ」

「あの子ね、亡くなったんよ」

「ほんと?」

私は箸を止め、田辺さんの話に耳を澄ませた。

「一年前、大山の山スキーで雪崩に遭って」

「どうして知ってるの」

田辺さんの話によると、涼子は四年前に母親の病気で郷里に戻ってきて、実家の近くでスナックを開いたという。その二階では歌謡教室も開いて、大勢の生徒を集めたらしい。田辺さんも帰郷したときに一度寄ったことがあって、「すっかり水商売が板について」と驚いたということだった。それから田辺さんは涼子の昔のパトロンの噂について話し出したので、私は横を向いて親戚のおじさんとゴルフの話をした。

帰りの車の中で私はハンドルを握りながら、涼子の死について考えていた。というよりどう考えていいのかわからずに、ただ考えている振りをしていただけなのかもしれない。

妻が「お父さんの法事で、えらくしんみりしちゃって」と勘違いするほど、私は落ち込んでいたのかもしれない。

その夜、私は「恋のカルテ」を聞こうと思ってレコードを探したが、引っ越しの合間になくしたのかどこにも見当たらなかった。私は新聞のラジオ欄で、電話リクエストをしている番組を探した。午後十一時から一つあり、私はラジカセを自分の部屋に持ち込んで番組の開始を待った。

十一時になって番組が始まり、受付電話番号を言ったのをメモして、私はすぐに机の電話のダイヤルを回した。しかし話し中だった。何回もかけ直し、ようやく通じると、私は、舞原亜紀美の「恋のカルテ」をどうしてもかけて欲しい、どこの局にもレコードがなくて、頼めるのはお宅の局しかないと懇願した。

しかし番組の半ばが過ぎても、涼子の曲はかからなかった。やはりなかったかと諦めて、もう寝ようと思ったとき、「次は大阪市のシモタシロヨシアキさんからのリクエストで、舞原亜紀美の『恋のカルテ』。シモタシロさん、探しましたよ。局にあるレコード倉庫の隅から隅まで探して、やっと見つけました。何と二十年前のレコードで、舞原亜紀美という歌手のレコードはこれ一枚なんですね。たぶんキャンペーンのときに持ってきた一枚じゃないかとディレクターが申しております。シモタシロさんの初恋の人に似ている、ということですが、おかけしましょう、舞原亜紀美『恋のカルテ』」

スピーカーから涼子の歌声が流れてきた。私は机に頬杖をつきながら聞いた。ところどころプチプチと雑音が入ったが、十五年前と全く変わらず涼子はそこに生きていた。私の目には振りを付けながら歌っている涼子の姿が見えていた。私はいつまでも終わらないでいてほしいと願いながら、流れる歌声を聞き続けた。

矢野さん

矢野さんは大きな女性だった。母の美容室に初めて姿を現わした日、私はその大きさに驚いた記憶がある。百八十センチ近くの背丈で、体格もがっちりしていた。私はまだ小学生で、背もそんなに高い方ではなかったので、余計に彼女の大きさを感じたのだろう。矢野さんはそんな自分の身体が世間に対して申し訳ないとでも思っているのか、背を丸め気味にしてやってきた。

矢野さんは中学卒業後、美容師の見習いとして働きながら夜間の美容専門学校に通い、二十一歳のときに美容師の免許を取得した。母の店に来たのは二十五歳のときで、知り合いの美容師の紹介だった。矢野さんの父は彼女が十一歳のときに亡くなり、母親も元来身体が弱かったので、九つ年下の妹の面倒を見るのも、家事をこなすのも大抵矢野さんの役目になったらしい。矢野さん自身は高校に進学したかったらしいが、家の事情がそれを許さず中学卒業と同時に働き始めた。矢野さんの自慢は自分の稼ぎで妹を高校にやらせたことで、夢は妹を大学に進学させることだった。

母はそんな矢野さんの話を聞いてすっかり感心してしまい、すぐに彼女を雇い入れた。矢野さんはよく働いた。子供のころから働いていたせいか、あるいは元来働くのが好きなせいか、夜遅くまで仕事が続いても文句ひとつ言わず働いた。その点では母も大いに助かったのだが、ただひとつ困ったことがあった。それはお客さんに対して、自分の意見を押しつけることだった。

例えば、こんな具合だ。

お客さんが、白髪染を頼む。すると矢野さんはその人の頭皮を調べ、髪の毛の質を見てから、次のように言う。

「お客さん、白髪染やめたほうがよろしいわ。頭皮が弱いし、第一髪の毛によくないですよ」

確かに理屈は合っている。しかし経営者の立場からすると、それでは困るのである。取り敢えずお客さんの要望を聞いて、一番刺激の少ない製品を使って様子を見、それで問題が起こったらそのときにお客さんに説明しても遅くはないのである。

だが、矢野さんは頑として自分の意見を曲げない。母がそれとなく、もう少し融通を利かすように言っても、自分はお客さんのために正しいことをしていると言って、聞かないのである。他の従業員もそんな矢野さんの頑《かたく》なさに、うんざりするようなところがあった。

しかし矢野さんのそういうところがいいと、贔屓《ひいき》にするお客さんもいたのである。

矢野さんの妹さんは一度だけ家に顔を見せたことがある。某国立大学の英文学科に現役で合格し、父と母が確か奨学金の保証人になったお礼に来たものだと思う。

妹さんが大学に合格したときの矢野さんの喜びようは大変なもので、学校から帰った私を摑まえて「美知子《みちこ》が合格したんよ。よっちゃんも勉強でわかれへんとこがあったら、美知子に訊いたらええわ」と顔をくしゃくしゃにしながら、私の手を振った。別に嬉しくもない私は、「ふーん、それはよかったやん」と気のない返事をしたが、矢野さんは気にすることなく「合格したんよ、合格したんよ」と繰り返した。

初めて見る美知子さんはほっそりとした美少女で、矢野さんとは似ても似つかなかった。同じ姉妹とはとても思えず、子供の私から見ても、叔母と姪のように見えた。

美知子さんは父と母の前に出ても臆することなく、保証人になってもらったことのお礼を述べ、父の質問に答えて、「できれば大学院まで行って、大学の先生になりたいのです」と言った。

父は、「矢野さんはしっかりしていると思ってたけど、妹さんもそれに負けずにしっかりしてるね」と大いに感心し、横で寿司のお相伴にあずかっていた私に「義雄《よしお》もこの妹さんを見習って、ちゃんと目標を持たなあかんぞ」と言った。

何でこっちにとばっちりが来なあかんねんと思いながらも、私は「うん」と頷いた。

矢野さんは美知子さんが大学に合格するまでは結婚はしないと、いくつかあった見合い話を断っていたが、美知子さんが大学に合格すると、今度は卒業するまで結婚はしないと言い出した。

「妹さんが卒業するときには、あなた、もう三十路を過ぎてるじゃない。三十過ぎたら、見合いの話なんかパッタリと来なくなるわよ」と母が脅かした。

さすがに矢野さんもその言葉は応《こた》えたようである。結婚しても母親と同居し、美知子さんが卒業するまで学費その他の面倒を見るという条件付きで、見合い話に応じた。もっとも母は見合い話を持ってきてくれる人に、そんな条件は一切付けなかった。まずお互いに好意を持つことが肝腎で、好意さえ持てば後は話し合って条件でも何でも付けることができるというのが、母の考えだった。だから母は矢野さんに、親しくなるまで条件の話は一切しては駄目よと念を押した。

だが、条件の話を持ち出すまでもなく、矢野さんの見合いは失敗続きだった。その一番の原因が、背の高さにあることは明白だった。誰もが、開口一番「大きいですね」と言うらしい。

ある日、矢野さんを贔屓にしているお客さんが、見合い話を持ってきた。相手も矢野さんと同じくらいの背丈があるから大丈夫とお客さんが保証した。

そのお見合いには私も付いていった。美容室が休みの月曜日がその日だったのだが、ちょうど学校の創立記念日で私が休みであることを知ると、矢野さんが私の同行を母に頼んだのである。せっかくの休みに何でと私は渋ったが、母の怖い顔と臨時の小遣いに負けて、私は承諾した。矢野さんは相手と二人きりになるのが嫌だったのである。今までの見合いで、息が詰まる思いを何度も経験したらしい。

今回は初めて振袖で臨むことになった。いままで洋服だったので体の大きさが余計目立ったのであって、和服にしたほうがごまかしが利くというのが理由だった。母が言い出したのである。

朝から母は大張り切りで矢野さんの髪をアップにして和風の頭にし、貸衣装屋から借りてきた振袖を着付けた。私の見たところ、どうもごまかしは利いていないように思われた。洋服のときよりも髪をアップにしたせいか大柄に見えるのである。その上ウエストの太さが帯で強調されて、堂々たる体軀に見える。

母もそのことに気づいたようだったが、今更変えようがない。

「矢野さん、きれいよ。一段と女っぷりが上がったわ」と、母は彼女の全身を眺めながら言う。いつも地味な服を着ている矢野さんが桜模様の派手な振袖を着ると、確かに華やかには見えるが、それはきれいとはちょっと違うんじゃないかと私は思った。しかし矢野さんは母の言葉に素直に照れた。

昼過ぎに、見合い話を持ってきたNさんがタクシーで迎えに来た。矢野さんが私の同行の許可を求めると、Nさんは驚いて「子連れと間違われなきゃいいけど」と言った。

見合いとは漠然とホテルなどの高級なところで行うものだと思っていたが、タクシーが着いたのは下町風の街中だった。タクシーを降りると、Nさんは私たちを近くの喫茶店に連れていった。

小さい店で、私たちが入っていくと、カウンターの中にいた髭おやじが珍しいものでも見るような目つきでこっちを見た。たぶん矢野さんの振袖姿が珍しかったのだろう。

「あら、来てないわ」とNさんが言った。

私たちが二つあるボックス席のうちのひとつに腰を下ろすと、カウンターから「何にします」と声が掛かった。昼食を食べていないということで、サンドイッチとコーヒー、それに私はミルクセーキを頼んだ。

私たちが軽食を食べ終わったころ、ようやく相手の男がやってきた。確かに大柄で、矢野さんに負けず劣らず立派なお腹をしていた。暑くもないのに、顔中汗だらけにしている。

「すんません。遅なってしもうて」

席に着くと、男は頭を下げた。頭皮が透けて見える。「どないしたん。見合いの席に遅れるなんてもってのほかやないの」とNさんが詰《なじ》ると、「いやあ、なかなか仕事が抜けられへんかったんですわ」と男は笑いながら答えた。

男は中堅商事会社の営業マンで、本当は見合いを日曜日にしてもらいたかったらしい。それができないということで、会社近くの喫茶店を指定したのだ。

Nさんが二人を互いに紹介すると、その野島《のじま》さんという人は私の方に手を向けて「お子さんですか」と訊いてきた。私は急いで首を振った。

Nさんがわけを説明すると、「でしょうね。私、ここに入ってきたとき、三十にもなってないのに、こんな大きい子供がいてるんかいなとびっくりしましたわ」と言って笑った。よう笑う男やなと私の第一印象はあまり良くなかった。

野島さんも昼食がまだだったので、サンドイッチを注文し、それを三口くらいで平らげると、オムライスを頼み、それを食べると今度はスパゲティだった。その間に何度も水をお代わりし、よくしゃべった。矢野さんはいつも見る彼女とは違って、口に手を当てて「ほほほ」と笑ったり、小さな声で答えたりした。着物を着ているからこうなんのかなあと、その変わりように私は驚いた。

しばらくして、Nさんが「それじゃあ、私はこれで失礼して、後はお二人だけで……」と立ち上がって、私の方に目配せをした。私ははじめ何のことかわからなかったが、Nさんがもう一度「後はお二人だけで」と言ったので、ようやく気づき、立ち上がった。しかし矢野さんは、「よっちゃんは帰っちゃ駄目。一緒にいといて」と私の腕を引っ張った。「二人きりで話すほうがいいんじゃやない」とNさんが言うと、「いやあ、私もいといてもろたほうがよろしいわ」と野島さんが口を挟んだ。「二人きりになったら、何か話しにくいですわ」

それで私は残り、二人の間の会話のクッションみたいな役回りになった。会話が途切れると、野島さんが私に学校のことを尋ね、気まずい沈黙を避けるといった具合だった。外に出てからも、行き先を決めたのは私だった。どこに行こうかという話になって、二人の間では決められず、野島さんが「どこに行きたい」と私に訊いてきたからだった。私は迷わず「デパート」と答えた。そのころのデパートには屋上に遊園地があったからだ。それにあわよくば食堂で何か食べさせてもらえるかもしれないという魂胆があった。

矢野さんは野島さんの仕事のことを心配したが、後は任せてきたからということで、私たちはタクシーで梅田のデパートに行った。

私はそこの屋上で、ピンボールやゴムボールのバッティングマシンで遊び、思惑通り食堂で特大のチョコレートパフェにありついた。

だがその帰り、私は猛烈な腹痛に襲われ始めた。汗が噴き出て、顔から血の気が引き、吐き気も襲ってきた。バチが当たったと私は思った。

デパートの休憩所のベンチで横になったが、腹痛は一向に治まる気配がない。矢野さんはハンカチで私の顔の汗を拭き、私が「頭が熱い」と言うと、ハンカチを濡らして頭に当ててくれた。

私の様子が変わらないのを見て取ったのか、しばらくして野島さんが「病院に連れて行かなあかんわ」と私を起こして背負った。そして外に飛び出し、タクシーを掴まえて救急病院に運んだ。

幸い大した病気ではなくただの食中毒で、二日ほど入院しただけで済んだが、そのときの野島さんの素早い対応が矢野さんの心を掴んだようだった。野島さんも彼女を気に入り、話はトントン拍子に進んだ。

野島さんは次男だったので、矢野さんの母親と同居するという条件も呑み、全てはうまくいくかに見えた。

しかし野島さんの東京への転勤が決まって、事態が変わった。妹の美知子さんは大学があるから、大阪を離れることはできないが、母親は連れていける。だが母親が大阪を離れることを断固拒否したのだ。病弱で健康に自信がないため、新しい場所で生活するのに不安があったのだろうし、なにより六十近くになって知らない人間ばかりの中に入っていく気にはなれなかったのだろう。

　美知子さんが母親の面倒を見ると言ったらしいが、今度は矢野さんが承知しなかった。矢野さんにしても、母親と美知子さんの面倒は自分で見るつもりだったから、どこに行こうと働き続けることには変わりはなかったが、東京で美容師として働くことに不安もあったらしい。

　結局縁がなかったということで、結婚話は沙汰止みとなった。Nさんは大変残念がり、それならばとさらにいい見合い話を持ってきたが、矢野さんはもう二度と見合いをしようとはしなかった。

　それから一年半後、矢野さんの母親が心筋梗塞で亡くなった。私も母に連れられて葬式に出たが、美知子さんが泣きじゃくっているのに比べて、矢野さんがてきぱきと葬儀屋に指示している姿が印象的だった。「どうせ亡くなるんだったら、もう少し早かったらねえ」と母が不謹慎なことを呟いた。

　私が名古屋の大学に入ったのはちょうど東大入試が中止になった年で、大学紛争が全国的に盛り上がっていたときだった。半年間授業がなく、私も全共闘の一員として大学改革を叫んでいた。

そんなある夜、私のぼろアパートに仲間が集まって酒を飲んでいると、ドアを叩く音がする。行って開けると、矢野さんが立っていた。

「矢野さん、どないしたん」私はびっくりした。矢野さんは小さく手招きし、私を部屋の外に連れ出した。

「よっちゃんがずうっと帰ってけえへんから、先生が心配してるんよ」

「それがどうかしたん」

母に頼まれて様子を見に来たのだろうと私は露骨に嫌な顔をした。それを察したのか「先生に頼まれて来たんとちゃうよ。ただ先生があんまり心配するから、ちょっと様子を報告して安心してもらおうと思って」と矢野さんは小声で言った。

「おい、お客さんなら中に入ってもらえよ」ドアが開いて、先輩のKさんが声を掛けてきた。矢野さんがにっこりとして頭を下げる。

「いや、いいですよ」

「いいことないよ。ここはお前のアパートなんだから、入ってもらわなきゃ。でないと俺たちが邪魔しているみたいじゃないか」

仕方なく私は矢野さんを招き入れた。六畳一間の部屋に男ばかりが七人、そこに女性が入ってきたら色めき立つのが普通だと思うが、矢野さんの場合は違った。みんながその大きさに圧倒されているのが、視線でわかった。部屋には彼女より大きい男は一人もいなかったのだ。それにその当時流行っていたパンタロンスーツ姿だったので、余計に大きさが際立ったのかもしれない。

矢野さんは部屋に充満している煙草の煙に顔をしかめて、鼻先を手であおいだ。

「ちょっと空気入れ替えようか」とKさんが言い、一人が立って窓を開けた。ひんやりとした風が入ってくる。

Kさんが部屋に一つしかない座布団を私の横に敷き、そこに矢野さんを坐らせた。

「お姉さんですか」と一人が訊くと、矢野さんはえっという顔をし、大きな声で笑い出した。いつまでも笑うだけで答えようとしないので、私が簡単に説明した。ふーんと何人かは頷いたが、それは何かを納得したというようなものではない。どうしてそんな人がわざわざ大阪から来たのかという疑問は誰も口にしない。

「酒、飲みますか」とKさんが矢野さんに尋ねた。

「ええ」

「ビールと日本酒、どっちがいいですか」

「日本酒いただきます」

矢野さんの前に湯飲み茶碗が置かれ、一升瓶から酒が注がれた。矢野さんは茶碗を両手で持つと、まず一口味見をするように口に含み、それから一気に飲み干した。ほうという声が漏れた。

すぐに次が注がれ、それも矢野さんは一気に飲んだ。

「矢野さん、無理したらあかんで」心配になって私は言った。

「このお酒、とてもおいしいわ」矢野さんは私の言葉が聞こえていないのか、三杯目の酒を受けた。

「みなさん、学生運動のお仲間？」と矢野さんが私に訊いてきた。私が頷くと、「みなさん、どうして学生運動なんかすんの」と周りに尋ねた。

不意を突かれたのか誰も答えない。

「私が言いたいのは、親の臑《すね》をかじって大学に行かせてもらってる人間が勉強もしないで、どうして学生運動に精を出すのかってことなんやけど」

矢野さんて酒癖悪いんかと私は気が気でなかった。

「確かにおっしゃる通りです」とKさんが答えた。「我々は親の臑をかじってます。自分の力で稼いで生活はしていません。しかし、逆説めきますけど、だから学生運動ができるんです。社会に縛られていないフリーハンドを持っているから大学改革ができるんです」

「そんなん、おかしいわ。大学卒業して社会人になってから、その、改革とやらに取り組んでも遅くないいんとちゃう？」

「大学の外から大学を改革するのは無理だと思いますよ。大学の中にいる人間が立ち上がって変えていかなきゃ」

「大学って本当に改革せえへんかったらあかんの」

待ってましたとばかりKさんは、大学のマスプロ教育化、大学自治の形骸化、社会への批判精神を育もうとしない文部省の教育制度などを滔々《とうとう》と述べた。矢野さんはときどき難しい言葉について質問したりしながら神妙に聞いていた。

Kさんの話が終わると、矢野さんは「私の妹、今大学院で勉強してるんやけど、大学の先生になるのも考えもんやろか」と溜息をついた。

「どこの大学ですか」とKさんが訊く。

「Mなんやけど」

「お、それは優秀ですね」

「でも、今の話聞いてたら、大学て大変なとこみたいやから」

「いや、そんなことないですよ。是非大学の先生になってもらって下さいよ。要は知識の切り売りをするんじゃなくて、人間教育をする先生になってもらったらいいんですよ」

矢野さんはKさんの肩をぽんと叩いた。

「あんた、いいこと言うわねえ」

「ええ、まあ」Kさんは頭を掻いた。

「飲もう、飲もう」と矢野さんはKさんのコップに酒を注いだ。

一人、また一人とダウンしていき、朝方まで起きていたのは矢野さんだけだった。

六時過ぎ、私は矢野さんに起こされた。共同炊事場で顔でも洗ったのかさっぱりとした表情だった。

「私はこれで帰るけど、先生には何にも言えへんから心配せんでええよ。それから学生運動はええけど、くれぐれも無茶せんように」

矢野さんは目を覚ましたKさんに「よっちゃんをよろしくお願いします」と頭を下げて部屋を出ていった。

それからしばらくは「豪快なお姉さん」が仲間内で話題になった。

矢野さんが心配した大学紛争も一年ほどで峠を越え、妹が先生になるころには落ち着きを取り戻しているだろうと矢野さんが安心した矢先、矢野さんをがっかりさせることが起こった。

美知子さんが大学院の修士課程を修了すると同時に結婚すると言い出したのだ。大学の先生になるのは諦めたらしい。相手は四歳年上のサラリーマンだった。

矢野さんの落ち込みようはひどかった。

大学の春休みで実家に帰っていた私は一人で晩御飯を食べながらテレビを見ていたのだが、突然仕事の終わった店内から女性の号泣が聞こえてきた。驚いて店に通じるドアの側に行き、耳を澄ますと、号泣はしゃくり上げる泣き声に変わった。

「すぐに結婚するんやったら、大学なんかに行かせへんかったらよかった」矢野さんの声が切れ切れに聞こえる。

「美知子には大学の先生になってもらいたかった。そやないと、何のために頑張ってきたかわかれへん」

「矢野さん」母の声だった。「ものは考えようよ。妹さんが立派に育ったのは、みんなあなたのお陰じゃないの。そりゃあ、大学の先生にならなかったのは残念かもしれないけれど、結婚して幸せな家庭を築くのも女の生き方として立派なんじゃない。大学を出たことが無駄になるとは私は思わないけど」

矢野さんはしゃくり上げる泣き声を必死で抑えようとしている。

「これからは自分の幸せだけを考えて生きていけばいいんじゃない。そうでしょう」

「私はいっつも損な役回りばっかり。……美知子は美人で頭が良くて、性格もいいって人から誉められてばかりいるのに、……私はこんなへちゃむくれで大女で、人から強情っぱりや言われて。……神さん、不公平やわ」

私は胸を衝かれた。自分の役回りを十分心得て、それに徹し切っていると思っていた矢野さんが、やはり心の底ではそういう思いを抱いていたのかと思うと、何か胸を衝くものがあった。

「そんなふうに考えちゃ駄目よ」と母が言った。

矢野さんは再び激しく泣き始めた。母が慰めれば慰めるほど感情が高ぶるようだった。

結婚式には両親が出席した。矢野さんは恨み言めいた表情や態度などこれっぽっちも見せず、いつもにこやかに親代わりを務めたということだった。大阪に帰ったとき、矢野さんから結婚式の写真を見せてもらったが、綺麗な美知子さんの横に坐っているのは姉というよりも母親に近かった。実年齢以上に歳の差があるように見えた。

それからしばらくして矢野さんが突然店をやめると言い出した。心機一転神戸に引っ越して、そこで仕事を見つけると言うのだった。

母は驚いて懸命に慰留したが、矢野さんの決意は堅かった。結局母は折れて、矢野さんのために推薦状を書いた。

何年間かは年賀状のやり取りをしていたが、ある年宛先不明で返ってきて、それ以来音信不通になった。


矢野さんの行方が知れたのは、それから二十数年後のことだった。

阪神大震災があって一カ月ほど経ったころ、母から電話が掛かってきた。テレビに矢野さんが映っていたというのだ。避難先の小学校の中継の中で、矢野さんがボランティアで美容の仕事をしている場面が流されたという。アナウンサーのインタビューでは、矢野さん自身も被災者で、自分の店と夫を失ったらしい。

「ほんまかいな」と私は言った。「それ確かに矢野さんやった？　見間違うたんちゃうの」

「見間違えるわけないでしょ。あんなに背の高い美容師は矢野さんしかいないわよ。アナウンサーも驚いていたくらいなんだから」

母は矢野さんに会いに行きたいと言う。それで私が付いていくことになった。

母の用意した品々をリュックサックに詰め、大阪からＪＲに乗った。ようやく住吉まで復旧していて、大きな荷物を抱えた人の姿が目立った。

尼崎までは車窓から見える風景はどうと言うこともなかったが、そこを過ぎた辺りからだんだん、屋根を青いビニールシートで覆った家が増え始めた。そして住吉に近づくにつれ、青いシートよりも倒壊した家のほうが多くなった。

二時間待って三宮行のバスに乗り、三宮から更に西に歩いた。あちこちでビルが傾いたり、倒れたりしていた。

母の足を考え、休み休み歩いたので、目的の小学校に着いたときには三時を回っていた。校庭には自衛隊が草色の大きなテントを張っていた。

校舎に入っても受付らしきものはなく、近くにいたおばさんにボランティアで美容の仕事をしている人のことを訊いた。母が「こんな大きな人で、がっちりした……」と手で示すと、おばさんは、ああ、あの人と頷いた。しかし居場所を知らないらしく、私たちを班長と呼ばれる人のところに連れていった。

班長さんはさすがに知っていて、私たちを二階の教室に案内した。教室は段ボールで何カ所かに仕切られている。

「木内さん」と班長さんは中に声を掛けた。しかし誰も姿を現さない。

「やっぱり美容室か」

再び一階に降り、廊下をかなり歩いて「理科室」という標札の掛かった部屋に来た。扉には「サチ美容室」と書かれた紙切れが貼ってあった。

「木内さん、お客さんですよ」

班長さんが扉を開けて、声を掛けた。私たちが入っていくと、流し台の前で大柄な女性が椅子に腰かけたおばあさんの髪を切っているところだった。

「矢野さん」と母が声を掛けた。大柄の女性がじっとこちらを見る。皺が寄り、肌の色艶も悪くなっていたが、骨張った顔つきは紛れもなく矢野さんだった。

「……先生」

矢野さんが目を見開いて驚いた表情を見せた。鋏《はさみ》をもったままこちらに近づいてくる。

母が頭を下げた。私もお辞儀をする。矢野さんも大きな体を曲げて頭を下げる。

「先生、どうしてここへ……」

「テレビで見たのよ。あなたがボランティアで美容師をしているというのが映って……」

「そんな大したことしてへんねんけど」

「ほんとに久しぶりね」

「ええ」

話が途切れ、沈黙が流れた。

「大変だったのね」

母の声が震え、今にも泣きそうになっている。

「先生」

矢野さんの目から涙が零《こぼ》れた。と同時に母の肩に額を付けて泣き始めた。母も矢野さんの腰を撫でながら泣いた。

椅子に腰かけたおばあさんが、カットしかけのざんばら髪の顔をこちらに向けてにこやかに笑っている。私はリュックサックを降ろした。

矢野さんは泣き止むと、エプロンの裾で涙を拭いた。そして笑顔になった。

「あなた、よっちゃん？」矢野さんは私の方に顔を向けた。私が頷くと、「ひゃー、すっかりいい男になって」と甲高い声を上げた。

私は矢野さんの質問に答えて、結婚して子供が二人いること、母の近くに住んでいることと、それに仕事のことなどを話した。

矢野さんはおばあさんのカットに戻り、髪の毛を切りながら自分のことを話した。

三十九歳で五歳年上の男性と結婚したこと、四十二歳のとき、小さいながらも美容室を開いたこと、子供はできなかったこと、そして今度の震災で店も夫もなくしたこと。

「サチ美容室という名前だったの？」と母が訊いた。

矢野さんは照れ笑いを見せ、「名前の幸子から取ったんやけど、ちっともサチじゃなくて……」そこまで言うと不意に涙声になった。しかしすぐに立ち直って、「名前負けしたんですよね」と笑った。

「妹さんのところには行かないの？」と母が訊いた。

「美知子は来い来いって言うんやけど、今更世話になるのはいややし、ここでこうやって美容師の仕事をしている方が性に合うてるんです。みんなも喜んでくれるし、気が紛れるし。それに常連さんがもう一度店を持てって言うてくれるから、ちょっとはその気になってるし」

私は母に言われてリュックサックの中からインスタントラーメンや梅干、ツナ缶などの食べ物、それにシャンプー、リンス、コールド液などの美容用品、そしてタオルを取り出した。母は二年前に美容室をやめており、残っていた物を持って来たのだ。

矢野さんは特に美容用品を喜んだ。潰れた店から使えそうなものを拾ってきて使っているが、残り少なくなっているのだ。母が店をやめたことを残念がったが、コールド液などが残っているのなら大阪まで取りに行きたいと言う。それで結局来週私がまた持って来ることになった。

矢野さんが寝起きしている教室で、アルバムを見せてもらった。亡くなった旦那さんは矢野さんより頭一つ分小さく、いかにも人の良さそうな顔をしていた。少なくともこの十数年間はサチがあったんや、そう思うと目の奥が熱くなった。

「これ以上見てると辛くなるから」と矢野さんはアルバムを閉じ、私たちは帰ることにした。校庭を出るところまで矢野さんが見送ってくれ、母は「また来るわね」と手を振った。

帰りの電車の中で、「いいこと思いついたわ」と母が言った。「私も矢野さんと一緒に美容のボランティアをしよう」

「あそこまで通うの?」

「そうよ。週一回ならできるでしょ。それに矢野さんが店を再開する手伝いもできたらいいし」

そうや、それがええかもしれへんな。車窓を流れる青いビニールシートの屋根を眺めながら、私はそう思った。

ゴン

ゴンが隣の米屋のところに来たのは、私が高校生になったばかりのころだった。その年、一カ月も経たない間に二度も路地裏から空き巣に入られて、主人があわててどこかから貰ってきたのだ。薄茶色の雑種の牡犬で、顔のあたりだけが白かった。私の家は母が美容院をやっており、滅多に留守にすることはなかったが、それでも隣に番犬が来たことで安心するところがあった。

だが、ゴンはよく吠えた。番犬としては当然そうあるべきなのだが、誰彼構わず見境なく吠えるのである。ひょっとして飼い主にも吠えているのではないかと思えるほどだった。まだ子犬なので恐がっているのだろうと私も私の家族も思っていた。それに狭い路地裏に繋がれているのだから、ストレスも溜まるだろうと同情するところもあった。夜には主人が散歩に連れていくのだが、それだけでは足りなかったのだろう。

子犬とはいえ、ゴンに吠えられるとどきっとした。私の家と米屋は棟続きで、その隣の家ともう一つで四戸一《よんこいち》になっていた。私の家は一番端で、路地を挟んでまた四戸一の長屋が続いている。表は美容院の出入口になっているので、外に出るときは横の路地を通るのである。そのため路地裏を使うことは滅多にないのだが、風呂場のガスの火をつけに行くときなど、それが横の路地にあるにもかかわらず、足音とか気配で吠え立てた。顔を覗かせたりしたら、それこそ大変である。何事かと思うほど吠え続ける。主人が出てきて、こちらの顔を認めると、「お隣さんやないか」とゴンの頭を叩いた。それでもゴンは吠え続ける。「すんませんなあ」と主人は恐縮した顔をする。吠えるほうが番犬としてよろしいやんなどとお愛想を言うことなど思いもしないほど恐縮するので、私は「いいえ」と言って顔を引っ込め、そそくさと家の中に戻る。

二、三カ月もすれば顔を覚えるだろうという私たち家族の見込みは、見事に外れた。半年経っても一年経っても、来たときと同じように吠えるのである。

結局、ゴンはバカ犬であるということになってしまった。そうなると不思議なもので、ゴンの吠える声に対して恐いという感じがしなくなってしまった。バカ犬がこちらを恐がっているというふうになって、逆に面白がるようになった。

一階の便所の小窓から格子に顔を押しつけてゴンを驚かせるということを発見したのは、私だった。ちょうど窓の斜め下にゴンの犬小屋があり、不意に顔を覗かせると、ゴンはびっくりして後ずさりし尻餅をつく。しかし次の瞬間、鎖をちぎらんばかりに引っ張って吠え立てる。こちらが顔を引っ込め、再びわっと出すと、一瞬ひるんだように後ずさりして啼《な》き止むが、また先ほど以上に吠える。何回やってもその度にひるむのである。あまりやっていると、主人が出てくるので適当なところで切り上げるが、試験勉強の後のストレス解消にはもってこいだった。

二階の勉強部屋の窓も路地裏に面していたから、そこから顔を出せば、ゴンは吠えたが、便所のときほど迫力はなかった。時には気づかないことがあり、こちらがウーとかいう声を出すと、ようやくそれに応えるといった具合だった。どうも高いところからは敵はやってこないと思っているようだった。

私が高校生の間はずっとそんな調子で、大学に入って名古屋に下宿し、たまに帰ってきたときも、ゴンは私の顔を見て吠えた。もっとも大学三年、四年のときは、夏休みはアルバイトに明け暮れ、正月も母親にうるさく言われて元旦だけ帰るといったふうだったから、ゴンとは全くと言っていいほど顔を合わさなかった。家に帰ると両親とは必ず卒業後の進路の話になるから、家に帰りたくなかったのだ。自分が何をしたいのかわからないまま就職する気はなかったので、取り敢えず大学院に進むつもりでいたが、そのための勉強など一切していなかった。大学院に行けたら、それでいい、などと虫のいいことを考えていた。

そのため両親に大学院に行くとは言えなかった。いや、言わなかった。もし言えば、そうか、そうかということになり、修士課程なら二年、博士課程ならもう二年面倒を見ようということになりかねない。それが嫌だった。

それでも四年生になると、夏ごろから就職の話が周りで起こってくる。私は理科系だったので、その当時は卒論担当の教授の許《もと》に、各企業から求人の依頼が集まってくるのだ。それを教授が学生の意向を聞いて割り振るのである。売り手市場なので、就職したいと思えば、どこかに就職できた。

担当の教授が私に就職の希望を聞いてきたとき、私は進学する旨のことを述べた。教授はえっという顔をし、それからちょっと笑顔になって、そうか、それなら頑張りなさいと言った。あの笑顔はたぶん苦笑だったのだろう。私の成績は大学院に行くには程遠いものだったからだ。

秋になって両親にも、これからどうするかを話さざるを得なくなり、進学するつもりだと言った。ただし、学費と生活費は奨学金その他で自分で何とかするから、大学卒業後は仕送りはいらないと宣言した。そうしておけば、大学院に行かなくても文句は言われないだろうという計算があったのだ。

案の定大学院試験に落ち、形の上では浪人ということになったが、勉強など全くしなかった。家庭教師を二つ掛け持ちし、その合間にアルバイトに精を出した。

父親が癌で倒れたのは、卒業して二年経ったときだった。母親から電話を受けて、その日に私は大阪に帰った。家庭教師とアルバイト先には事情を説明して当分休ませてもらうことにした。母親は美容院をやっており、兄は市役所に勤めていて、父親の看病は暇な私が主に担当するということになってしまった。

ゴンはすっかりおとなしくなっていた。久しぶりに路地裏を覗いたとき、寝そべった姿のままこちらをちらっと見るだけで、全く吠えなかった。便所の小窓から勢い込んで顔を突き出しても、気づかないのか知らん顔をしている。犬の年齢というのはわからないが、年老いているように見えた。皮膚病に罹っているのか、背中のところどころが禿げているのでそのように見えるだけかもしれなかった。

米屋の主人はもう一日中鎖に繋いでおくことはせず、夜には自由にさせていた。そのことを戻ってきた当初、私は知らなかった。

母と病院での看病を替わって、家で夕食を摂《と》った日のことだった。終わってテレビを見ていると、がりがりと何かが引き戸を引っ掻く音がし、開けるとゴンが入ってきたので私はびっくりした。

「お、来たか」と兄が言った。兄が近寄っていくと、ゴンは沓《くつ》脱ぎのところで尻尾を振っている。兄はしゃがんでゴンの首を抱え、よしよしと頭や喉を乱暴に撫で回す。だが見ていると、ゴンはどうもうれしそうではない。かといって迷惑顔でもない。好きなようにさせておくといった風情だった。それがすむと、兄は近くにあったアルミボウルを取り上げて、炊飯ジャーのところまで行き、蓋を開けた。そのときゴンは先ほど以上に尻尾を振り、沓脱ぎから身を乗り出して床に前脚をつけている。それを見咎《みとが》めて兄がしっと言うと、ゴンはあわてて沓脱ぎに戻った。

兄がボウルにご飯をよそってゴンの側まで持っていくと、ゴンはますます尻尾を振り、首を伸ばしてボウルの中身を見ようとする。兄が沓脱ぎのところにボウルを置くと、ゴンはがつがつと食べ始めた。

米屋の犬だからご飯が好きだというのは当たり前と言えば当たり前なのかもしれないが、そのときは何とも奇妙な感じがした。

「ゴンて、ご飯が好きなんか」と私は兄に訊いた。

「そうや」

「何かかけてやったほうがええんとちゃうの、味噌汁とか何か」

「そんなんかけたら食べよれへん」

二、三カ月前からちょくちょく来るようになって、ご飯をやると大喜びしたので、それ以来ずっとこうだと言う。

「お前はご主人の商売の手助けをしてんのか」と私はゴンに声を掛けた。

ゴンはボウルにこびりついたご飯粒を取ろうと前脚で引っ掻いていたが、そのうちボウルがひっくり返ってしまった。ゴンは半球になったボウルを二、三回前脚で動かしてから、首を上げてこちらを見た。催促しているような目である。

「もう終わり」そう言って、兄は引き戸を開けた。ゴンは兄を見上げ、それから外を見た。

「ゴン、アウト」兄が外を指さすと、ゴンはおとなしく出ていった。

「へえー、いつ仕込んだん」と私が言うと、兄は得意そうな顔をした。

父の癌はS字結腸にできていて、開腹したが、手遅れで摘出することが不可能だった。それで腸の詰まった部分にバイパスを作って、取り敢えず消化した物が通るようにした。医者は半年から一年の命だと言った。父には癌であることは伏せて、慢性大腸炎による腸閉塞ということにした。一カ月入院して、十一月の半ばに退院した。

父が帰ってくると、ゴンを家の中に入れることが難しくなった。父はきれい好きで、犬の毛が床に落ちるのを嫌がった。しかも台所である。不衛生であるし、くさい臭いがするのはもってのほかというわけである。夜、引き戸を引っ掻く音がしても、父がいると開けることができなかった。父が二階に上がって台所にいないと、ゴンを入れてやったが、ご飯をやるときも父が下りてこないか気をつけなければならなかった。それでも、たまに見つかることがあった。

「犬を入れたらいかんやないか」と父は怒鳴った。

私も兄もあわててご飯の入ったアルミボウルを取り上げ、引き戸を開けてゴンを外に追い出そうとする。しかしゴンは脚を突っ張って抵抗する。

「はよ、追い出さんか」父はいらいらした声を出す。仕方なくアルミボウルを外に置いて、それにつられてゴンが出たところで引き戸を閉めた。

「もう二度とあの犬を入れたらあかん。何で入れるんや。隣の犬やないか」

父の叱る声を兄と目を合わせながらやり過ごした。

それからはゴンがやって来ると、どちらかが階段の側に立って、父が下りてきそうになると、合図を送るということにした。

父が翌年の四月に死ぬと、ゴンは誰に咎められることなく、堂々と勝手口から入ってきた。主人が鎖に繋ぐのを忘れていると、一日中入り浸《びた》っていることもあった。ゴンは受け口の犬で、沓脱ぎのところに寝そべり、十センチほど高くなった台所の床に前脚を交差させてのせ、その上に顎を置く。そうやって少し下の歯を見せながら上目遣いに人を見るのである。

従業員の女の人がゴンを見つけると、「おまえ、隣の番犬と違うんか」と頭を軽く叩いたりした。

夜の九時ごろには鎖を外されているので、引き戸を開けると、その音を聞きつけてゴンが路地を走ってくる。餌は毎日与えられているはずだが、必ずやって来た。開けるのを忘れたりすると、前足の爪で戸をごりごりとこすった。意地悪く戸を少ししか開けないと、その間に鼻先を突っ込んでくる。沓脱ぎに入ると、まずお座りをさせる。それからおもろに炊飯ジャーの蓋を開ける。そのときゴンを見ると、お座りなんかとうに止めて立ち上がり、尻尾を振っている。どうかすると、台所に上がっていることもある。そんなときは「お座り！」ときつく言うと、あわてて沓脱ぎに戻り、尻をつけたり浮かしたりしてお座りをする。アルミボウルにご飯を入れ、もう一つのボウルに水を入れて、ゴンの前に置く。きちんと下に置く前にゴンは口を突っ込んで食べ始め、あっと言う間に食べてしまう。こびりついたご飯が舌でも取れなくて、前足で引っ掻き、ボウルをひっくり返してしまうのは、毎度のことだった。

お預けを教えたのは、兄だった。ご飯の入ったボウルを置くと同時にゴンの首を抱え、「お預け」と言う。これを何度か繰り返すと、一応お預けを覚えた。一応というのは、ほんの十秒くらいしかできないからだ。「お預け」と言うと、ゴンはボウルのご飯と兄の顔をひんぱんに見比べ、ついにはだんだんと頭を下げていって、ご飯を食べてしまう。

パンがあれば、ご飯の代わりにやったこともあった。パンをちぎって投げると、ゴンは飛びついて食べるのである。兄はよく台所の奥に投げ、ゴンがあわてて飛んでいって、木の床で滑って転ぶのを見て喜んだ。

ゴンはでんぷん質のものなら何でも好物だったが、それでもご飯が一番で、パンをやったあとでも、ジャーの蓋を開けたりすると、すっと立ち上がった。

もしご飯の残りもパンもなかったら、大変である。沓脱ぎに寝そべったまま動こうとしないのである。首輪を引っ張ってもだめで、尻を押すと引き戸のレールとか枠に脚を突っ張るようにして抵抗するのだ。反対に充分ご飯を与えると、戸を開けただけでゆっくりと出ていった。

名古屋を引き払って、父の仕事を代わりにやっていた私は、結局それを継ぐことになった。仕事といっても、父は祖父の残してくれた三宮の土地に定年退職後小さな雑居ビルを建て、そこに水商売の店を入れて、家賃を集めていたのだ。父が病気になって、もうひとつの不法占拠で裁判中の土地にも雑居ビルを建てようと母が言い出して、その和解交渉や銀行との融資交渉、建築会社との交渉も、父の看病の合間に弁護士や税理士に教えられて私がやらざるを得なかった。

父が死ぬと看病することもなくなり、ビルも建築工事が始まって、私のすることは家賃の集金くらいしかなくなってしまった。一日中ぼおっとしている私にさすがに堪忍袋の緒が切れたのか、母が「大の大人が何してるの。仕事でも探しなさい」と叱った。

なるほどその通りだと私は思った。しかし何をしたいのかわからなかった。取り敢えず名古屋にいたときと同じようにアルバイトでも始めようかと求人雑誌を買ってきて、近くの惣菜工場に勤め始めた。

そうしているうちに、今度は兄が市役所を辞め、英会話学校に通い始めた。英語を勉強するためにアメリカに留学するというのだった。どうももともとそういう希望があったが、父の生きている間は言い出せなかったらしい。

私はあれと思った。いつの間にか立場が逆転していると感じたのだ。次男という立場だから、好きなようにやらせてもらうと思っていたのが、父の仕事を継ぎ、アルバイトといっても毎日仕事に行くという状態になっている。

兄は半年間英会話学校に通ってから、アメリカに語学留学に行ってしまった。ゴンの相手は私一人がすることになった。

お預けもパンのちぎり投げも受け継いだが、それ以上別の何かをさせようという気持ちにはなれなかった。それでも兄がよくやっていたようにゴンが入ってくると、首を抱え、喉とか頭を撫で回し、時には抱き上げて床に寝そべったりした。

残業で夜遅く帰ってくると、家の前にゴンがおり、「ゴン!」と呼ぶと、一瞬こちらを見、それから弾かれるように駆けてきた。私の周囲を走り回り、体に前脚を掛けてくる。私はよしよしと頭を撫でてやり、一緒に家に入って、ご飯をやった。

兄が帰ってきたのは、二年半後のことだった。何だか呆《ほう》けたようになっており、急に環境が変わったせいかと私は思った。しかしゴンはまるで二年半の年月などなかったかのように、兄からご飯をもらい、パンに飛びつき、床の上でじゃれた。

兄が帰る少し前に私は近くに中古マンションをローンで買って、家を出ていた。毎晩夕食を食べに家に行き、ゴンにご飯をやってからマンションに帰るという生活をしていたのが、ゴンのところだけ取られた恰好になった。

兄もそのうち英語を生かした仕事に就くだろうと私も母も思っていたが、一カ月経っても二カ月経っても全くそんな素振りを見せなかった。私は兄の英語力を疑ったが、ときどきアメリカから留学時代の友達が来ているところを見ると、そうでもないかと思い直したりした。母は兄が結婚でもしたら住まわせるつもりなのか、近くの建売住宅を買って、私と同じように夜はそこへ寝に帰っていた。あるいはあまり一緒にいると兄の自立を妨げるとでも思っていたのだろうか。

そんな状態が一年も続くと、さすがに母も心配になってきたらしい。私にどうしたものかと相談してきた。

「がつんと言うたら、ええやんか。僕に言うたみたいに」と私は答えた。

「それとなく言っても、はっきりしないのよ。何をしたいのか茂《しげる》から訊いてみてくれない」

「お母さんにも言えへんこと、俺に言うわけないやろ」

「兄弟なんだから、少しは徹《とおる》のこと心配したらどうなの」

「本人の自覚がなかったら、何を言うても無駄やと思うけど」

「そんなこと言わずに、一度訊いてみなさい」

最後は命令口調だった。私は何だかおかしくなった。父の死後、私がぼんやりしていたころ、母と兄の間で同じようなやりとりがあったのではないかと思ったのだ。

ある晩、二階で家賃の請求業務をしていて、喉が渇いたので下に降りていくと、テーブルに腰を掛けて兄がゴンにパンを投げ与えていた。ゴンは台所の奥に投げられたパンに飛びつこうとして、案の定木の床で滑って転び、壁に体をぶつけた。転んだままパンを食べると、今度は反対方向に投げられたパンに向かって突進する。また滑る。それを見て、兄が笑っていた。私はかちんときた。

「ちょっと話があるんやけど」と私は言った。兄がうん？　というような顔で振り返った。

「いつになったら仕事すんの」

兄は答えずに、またゴンのほうを見てパンを与え始めた。

「何とか言うたらどうやのん」

それでもパンを与える手を止めない。私は沓脱ぎに下りて引き戸を開け、「ゴン、アウト」と大きな声を出した。ゴンは床の上に立ったまま、兄と私の顔を見比べている。

「ゴン、アウト」私はもう一度大声で言った。しかしゴンは二人の顔を見るだけで、動こうとはしない。私はますます腹が立ってきた。

「こっちが昼間働いて、夜は家賃の取り立てや検針やテナントからの文句で三宮まで何回も行ってるの、わかってるやろ。何にもする気がないんやったら、ちょっとは手伝うたらどうやのん」

兄はうつむいてパンをいじっている。

「何とか言えよ」

私が大声で言うと、兄はパンをゴンに投げ、テーブルから降りて二階へ行ってしまった。

私は溜息をついた。ゴンを見ると、パンを平らげてこちらを見ている。私は炊飯ジャーのところまで行き、蓋を開けた。ご飯がまだ残っている。ゴンは思い切り尻尾を振っており、「お座り」と言うと、その場で尻を下ろした。

「そこと違うやろ」と私はゴンの首輪をつかんで沓脱ぎに降ろした。そして二つのボウルを取ると、ご飯と水を入れてゴンの前に置いた。ゴンは何も食べていないかのようにがつがつと食べた。ときどき水を舌でぴしゃぴしゃやり、残ったご飯粒を前足で引っ掻いて、ボウルをひっくり返す。ついでに水の入ったボウルまでひっくり返し、沓脱ぎが水浸しになった。それをゴンは舌でなめる。

「お前は気楽やなあ」思わず口から出た。

ゴンはひっくり返ったボウルを引っ掻いて、どうにもならないとわかると、こちらを見上げた。私は引き戸を開け、「ゴン、アウト」と言った。ゴンは一呼吸置いてから、ゆっくりと出ていった。

それから一、二カ月経ったころ、仕事が遅くなって八時少し前に家に行った。誰もおらず、私一人分の夕食だけが用意されていた。それを食べ終わったころ、路地を複数の足音がやって来た。引き戸が開き、兄と見知らぬ女性が入ってきた。若くてぽっちゃりとした感じである。

「来てたんか」と兄が言った。見知らぬ女性が頭を下げる。私もつられて小さくお辞儀をした。

「仕事が遅くなったもんやから」私は言い訳のように言った。

二人は私の斜め横に腰を下ろした。三人がテレビを見る。私は間が持てず、立ち上がって食器を流しに片付けた。ついでに洗おうかと思ったが、そんなことをしたら話すのを拒否していると取られかねないので、私はテーブルに戻った。何か言えよと私は兄の顔を見た。兄はテレビを見て笑っている。こちらから何か訊くべきかとも思ったが、紹介するのが先だろうと私は頑なに黙っていた。彼女もときどきこちらを見、それから兄に視線を向ける。テレビがコマーシャルに入ったところで、ようやく兄が「紹介しとくわ。これ、弟」と言った。

「どうも」と私は頭を下げた。

「この人、白石澄子《しらいしすみこ》さん」

「白石澄子です。どうぞよろしくお願いします」彼女はテーブルの端に指先をつけて、丁寧に頭を下げた。

「いいえ、こちらこそ」

話はそれだけだった。もっと何か言えよと私は兄に対して思ったが、兄はテレビを見るだけだ。二人はどういう関係なんですかなんて、こちらから訊くのも変だろうと私はいらいらした。

そのとき、引き戸をごりごりとこする音がした。

「お、来た来た」と兄が立ち上がった。兄が引き戸を開けると、ゴンが入ってきた。兄がいつものようにゴンの首を抱えて、喉を撫でる。彼女も側に寄って、ゴンの頭を撫でた。

「犬、飼ってたの？」と彼女が訊いた。

「いいや。これは隣の米屋の犬や」と兄が答えた。「毎晩家に来てご飯食べるんや」

「餌、もらってないの？」

「いや、もうてると思うけど、それでも来るんや」

「夜食？」

「夜食かあ。うまいこと言うなあ」

兄は、面白いもん見せようかと言って食パンを一枚持って来、ちぎって台所の奥に投げた。ゴンはあわてて走っていき、滑りながらパンを口でくわえた。

「おもしろーい」彼女が手を叩いて喜んだ。兄は調子に乗って、反対側に投げた。ゴンがまた飛んでいく。

「ねえねえ、私にもやらせて」

兄がパンを渡すと、彼女は「この犬、何ていう名前」と訊いた。

「ゴン」

「ほら、ゴン、夜食よ」と言いながら、彼女はパンをちぎって奥に投げた。ゴンは投げ手が代わっても、同じような勢いで走っていってパンを食べた。彼女はきゃっきゃとはしゃいだ。

パンがなくなると、兄はボウルにご飯と水を入れて沓脱ぎに置いた。ゴンは尻尾を振りながら、がつがつ喰い、例によってボウルをひっくり返した。

「よく食べるわねえ」と彼女が言った。「夜食じゃないみたい」

「こいつはご飯が異常に好きなんや。ご飯さえあれば、後は何もいらんのや」

「お米屋さんの犬が、ご飯が大好きなんて、何だか可愛い」

そう言って、彼女はゴンの頭を撫でた。兄も同じように撫でている。私は二人の姿を見て、ははん、この二人は結婚するんやなと思った。そう思うと、途端に自分が二人の邪魔をしているのではないかという気持ちになったが、いや待て、彼女はこのままこの家に泊まるのか、お袋はこのことを知っているのかと余計なことが頭に浮かんだ。

しかしこっちが心配することでもなしと、私はゴンと一緒に家を出た。途中までゴンは私についてきたが、国道の信号のところで、「ゴン、ハウス」と手を振った。ゴンは素直に回れ右して帰っていった。

何日か後に、私は母から兄と白石澄子さんのことを聞いた。美容院のお客さんの親戚の娘さんで、兄と二週間前に見合いをしたということだった。それならそうとひとこと言うといてくれたらよかったのにと私は思ったが、口では「それはよかったやん」と答えた。

「それで相談なんだけど……」と母が切り出した。何となく歯切れが悪い。

「何、相談て」

「徹の仕事のことなんだけど……」

私はそれだけでぴんときた。私が父から継いだ仕事を兄に任せるということなんだろうと思ったのだ。

果たして、母の言い出したのはそのことだった。

「ああ、ええよ」と私は答えた。実際、私は貸しビルの仕事にうんざりしていたのだ。

「そう。オーケーしてくれる？　よかった」

母はいくらかほっとした顔をした。

「ただし」と私は言った。中古マンションのローンは貸しビルの仕事から入るお金を当てにしているので、それがなくなるとマンションから出なければならなくなる。

そのことを話すと、「ローンのお金なんか何とでもなります」と母は胸を張った。

結局、私が家賃の請求業務だけを担当してローン分のお金を給料として出すということになった。

二人の結婚を機に、母は二十二年間やってきた美容院を閉めることになった。

その日は日曜日で、ささやかながら慰労をしようと寿司を取って、兄と白石澄子さんと私が台所で待ち構えていた。しかしシャッターの音が聞こえても、なかなか母が姿を見せなかった。店内に行くと、母が泣いていた。頭がすっぽり入るドライヤーや椅子、鏡などを触りながら、泣いていた。「ご苦労さま、ご苦労さま」と呟いているようだった。私が高校生のときにハンドドリルを使って直した洗髪用の椅子も撫で、私を認めると、「この椅子もお陰で最後まで持ったわ」と泣き笑いの表情を見せた。

ひとしきり泣いてタオルで涙を拭うと、母はさっぱりとした表情になり、「泣くつもりなんかなかったんだけど、店の中を見回していたらなんか昔のことを思い出して」と笑った。

店を始めるとき、清水《きよみず》の舞台から飛び降りるつもりで銀行から六十万の借金をして、それが返せるかと夜も寝られなかったらしい。開店した日、チラシをいくつかの新聞にかなり入れたのに、午前中は一人もお客が来なくて青くなったという。午後になって、美容材料を仕入れている会社の社長が様子を見に来て、手持ちぶさたにしている母や従業員にはっぱをかけた。

「そんな店の中で景気の悪い顔してじっとしてたら、あきまへん。みんなで外へ出て、お客さんを呼び込まな」

社長は率先して表に出て、手を叩いてお客を呼び込み始めた。母も従業員もそれにつられるように表に出て、声を出した。ほどなくお客さんがやって来て、その日は夜の十時まで営業したという。

みんなで寿司をつまんでいると、ゴリゴリと戸を引っ掻く音がする。開けると、ゴンが入ってきた。

「そう、お前も労《ねぎら》ってくれるの。それじゃあ」と言って、母はボウルに鮪の寿司をひとつ入れた。

「お母さん、そんなん食べへんて」と兄が言った。

「そうかしら」

母は構わずボウルをゴンの前に置く。ゴンは鼻で臭いを嗅いでいたが、結局食べようとはせず、顔を上げて私たちを見た。

「ほら、見てみいな。食べへんやろ。もったいないことしたなあ」兄が不満そうな声を出した。

「そう。ゴンは贅沢《ぜいたく》が嫌いなのね」

「お母さん、違う、違う」

私は母に手を振った。白石澄子さんがぷっと噴き出した。

ゴンにはジャーに残っていた黄色くなったご飯を与えた。喜んで食べ、ゆっくりと出ていった。

店を取り壊して、兄たちの新居にすることになった。私は母の家のほうに夕食を食べに行くため、ゴンには会えなくなった。米屋の主人は白い小さな犬を新たに飼い、ゴンの世話をほとんどしなくなった。兄はゴンが来たら以前と同じようにご飯を与えるつもりだったが、家が改装されたせいか、やって来なくなったらしい。

私がゴンを最後に見たのは、冬の夜中だった。兄の家で家賃の請求業務をして帰るとき、薄暗い横道にごみ箱をあさっている影があった。ゴンかもしれないと私は小さな声で、ゴンと呼んでみた。犬の影はごみ箱をあさるのをやめた。

「ゴン」私は大きな声を出した。犬はゆっくりとこちらにやって来た。やはりゴンだった。ゴンははあはあと舌を出しながら、私を見た。前よりもいっそう年老いて、苦しそうだった。私はしゃがんで、頭を撫でてやった。手許にご飯のないのが、残念だった。私はしばらくゴンと一緒にいてから、その場を離れた。かなり歩いてから振り返っても、ゴンはこちらを見ていた。

それから一カ月ほど経って、「近ごろゴンを見かけないけど、どうしたんやろ」と兄に言うと、「病気で死んだらしい」と答えた。

「らしい」というのはどういうことか訊こうと思ったが、やめにした。「死んだらしい」ということは、「生きているかもしれない」ということだと私は思ったからだった。

与加郎

私は子供のころ、目覚まし時計を分解したり、鉱石ラジオを作ったりする理科少年だった。テレビが故障して電器屋が修理に来ると、その様子を飽かずに眺めたりしていた。

中学校に入ると、その熱はますます高じてきて、子供向けの無線雑誌を買ってきては、その中の制作記事を見ながら真空管式のラジオやアンプ、ワイヤレスマイクなどを作った。そういう子供が次に熱中するのはアマチュア無線と相場が決まっていて、私も何とかしてアマチュア無線技士になりたいと思い、通信教育で勉強を始めた。中学生にとってはいささか高度な内容だったが、二回目の受験で電話級という初級ランクに合格することができた。中学二年の終わりのことだった。

私としてはすぐにでもアマチュア無線局を開局したかったが、両親は一年後に高校受験を控えていることを理由になかなか認めてくれなかった。私は、成績が落ちたらすぐに止める、K高校に絶対入ると言って両親を説得し、何とか許可を得た。

既製品の受信機と送信機を買う金はもらえなかったので、キットを購入して半田付けをした。物干場に八メートルほどの垂直アンテナを立て、隣接した自分の屋根裏部屋にケーブルを引き込んだ。

近畿電波監理局から開局通知が届いた日、中学校から帰ってきた私は、どきどきしながら封筒を開いた。

コールサインは、JA3MBN。

私は「ジェイ、エイ、スリー、エム、ビー、エヌ」と呟いてみた。エム、ビー、エヌがちょっと言いにくい。私は屋根裏部屋に上がり、早速アマチュア無線雑誌を開いて、「MIKE、BRAVO、NOVEMBER」という呼び方を見つけた。何回か口の中で「マイク、ブラボー、ノーベンバー」と言ってから、それに決め、送信機のスイッチを入れた。マイクを握ってしゃべろうとすると、声が震えるのがわかった。

「ただいまテスト中。試験電波を発射しています。こちらはJA3MBN。ジェイ、エイ、スリー、マイク、ブラボー、ノーベンバー。どちら様かテレビやラジオに妨害を受けておられましたら、こちらまでご連絡下さい。こちらの名前は……」と私は自分の名前と住所と電話番号を言った。開局時の心得として雑誌に載っていたことを忠実に守った。時間を変えて三日間ほど続けるのがよろしいと書いてあった。

何回かテスト中の電波発射をして、私は送信機のスイッチを切った。

ほどなく、母が階段下から顔を覗かせた。母は一階で美容室をやっていた。

「茂、一体何をしたの。すごい剣幕で電話がかかってきてるわよ」

私はどきりとした。階段を下りていき、母に「試験電波を出しただけや」と言ってから、さらに一階に下りていった。店に通じるドアの前に電話があり、受話器が外されていた。

私は受話器をつかんで、耳に当てた。

「もしもし」

「お前か犯人は」怒鳴り声だった。私は受話器を耳から離した。「テレビが映れへんかったぞ。妨害や、妨害。二度とそんなことするな」

私は「直したいんですけど」と小声で言ってみた。

「何を直すんや」

「テレビです」

「何言うてんねん。わしのテレビは壊れてへんぞ。お前が変なことをせえへんかったらええんじゃ」

そう言うと、男は電話を切ってしまった。私は溜息をついて、受話器を置いた。

「どうしたの」と母が言った。

「テレビに妨害電波が入ってるみたいや」

「アマチュア無線の？」

「うん」

「どうするの」

私は屋根裏部屋に行って送信機のスイッチを入れ、再び一階に下りて、テレビをつけた。チャンネルを回して確かめてみると、6チャンネルと8チャンネルに線が走っていた。私は母にテレビを見ていてくれるように頼み、屋根裏部屋に飛んでいって、先程と同じようにマイクにしゃべってからスイッチを切り、下に降りた。

「どうやった」

「線が消えたけど」

「僕の声、聞こえへんかった？」

「いいえ」

そのとき電話が鳴り、従業員の戸田さんが受話器を取ったが、すぐに耳から離した。がなるような声が聞こえてくる。

「先生」と戸田さんが受話器をこちらに差し出した。母が受け取り、耳に当てないで「すみません」「わかりました」と答えている。

受話器を置くと、母は「妨害電波が出ている間は、アマチュア無線はやったらだめ。わかった?」と厳しい顔で言った。

「そんなこと言うても」と私は口を尖らせた。「こっちばっかりで対策しても、むこうが悪かったら直れへんもん」

「とにかく直るまではだめ」

「先生」と戸田さんが言った。「今の声、確か与加郎《よかろう》の人ですわ。私、いっぺん話したことありますわ」

与加郎というのは、私の家から二筋離れた細い道にある古道具屋だった。といっても大型ゴミの集積所といった趣で、商売をしているような感じではなかった。私も母も与加郎は知っていたが、その主人は知らなかった。

翌日、私は中学校から帰ると日本橋まで行って、コンデンサやコイル用銅線、コネクタなどを買い求めた。無線雑誌に載っていたローパス・フィルターを作るためだった。それを送信機とアンテナの間に入れると妨害電波が軽減されるのである。

私は二日がかりでそれを作り上げ、ケーブルの間に入れた。すぐに試してみたかったが、もし効果がなくてまた怒鳴り込まれたら嫌なので、夜中まで待って午前零時過ぎにスイッチを入れた。一階のテレビで確認すると、どのチャンネルにも妨害電波は入っていなかった。やったと私は思った。これで思う存分電波が飛ばせる。

しかし翌土曜日の昼から、「CQ、CQ、こちらはJA3MBNです。どちら様かお聞きでしたら応答願います」とやっていたら、母が階段下に顔を見せ、「また妨害電波が入ってるって」と言った。

「えー」

「とにかく止めなさい」

私はスイッチを切って、下に降りていった。

「与加郎？」

「そうよ」

私はズックを履いて外に出た。二筋向こうの幅三メートル足らずの道を入っていき、薄汚れた箪笥や石灯籠、洗濯機などでふさがれた店の前に立った。古いホーローの看板が何枚もぶら下がっている。かろうじて見えるガラス戸には、「与加郎」という紙が貼ってあった。私は入るのをためらった。中から出てきてくれないかなと思って様子を窺っていたが、人のいる気配がしない。明日にしようかと弱気の虫が動いたが、ここのテレビを何とかしなければ電波が飛ばせない。

私は意を決してガラス戸を開けた。店内は薄暗く、積み重ねられた椅子や洋服箪笥、商売で使う氷かき機などで埋まっていた。両側の棚は雉《きじ》の剝製や天狗の面などの雑多なもので一杯だった。埃《ほこり》っぽい感じがする。

「すいません」と私は言ってみた。しかし返事がない。奥からテレビの音声が聞こえてくる。

「すいません」

今度はもう少し大きい声を出してみたが、やはり返事がなく、私は奥に進んでいった。畳の部屋が目に入り、テレビと横向きに寝ている人の脚が見えた。上半身は襖に隠れている。私はゆっくりと歩いていき、肘枕をしている男の人を見た。短髪の白髪頭だった。テレビは丸いブラウン管のかなり古い型だった。

「あのう……」と言うと、男の人はこちらを見た。皺のある黒い顔で、ぎょろっとした目つきだった。私がひるんでいると、その人は上半身を起こし、尻を滑らせるようにして近づいてきた。そして「何か欲しいもんあったかな」と言いながら、靴を履こうとしたので、私はあわてて「テレビの妨害電波のことなんですけど」と言った。

途端にその人の顔が険しくなった。私はどきどきしながら、「テレビ、直したいんですけど」と早口で言った。

「どこを直すんや」

「妨害電波が入らないようにフィルターを入れたいんです」

「そんなもん入れんかってきれいに映っとる、見てみ」

「僕、アマチュア無線始めたばっかりで、妨害電波が入らないようにせえへんかったら電波出せないんです。お願いします」

「わしには関係のないこっちゃ。商売の邪魔せんと早よ帰り」

そう言うと、その人は尻を滑らせて畳の上に戻った。私は小便をちびりそうになった。

「テレビはいつ見てはるんですか」

「一日中つけとる」

夜遅くやったらテレビ見てへんかなと思いながら帰ろうとすると、「お前、いくつや」という声が飛んできた。

「十五です」

「中学三年か」

「はい」

「機械いじりが好きなんか」

「はい」

「そうか」

それっきりだった。何かあるのかと続きを待っていた私は、がっかりして店を出た。

家に帰ると、母が「どうだった」と訊いてきた。

「触らしてくれへん」私は溜息をついた。

「困ったわね」

「お母さん、一緒に行って頼んでくれへん？」

「お父さんのほうがいいんじゃない？」

私は反対の意思を表すために、口を結んで小さく首を振った。父は頑固だから絶対与加郎のおっちゃんとぶつかると思ったのだ。

母に頼み込んで、美容室が休みの月曜日に一緒に行ってもらうことになった。

夜中の零時過ぎに私は恐る恐る送信機のスイッチを入れてみた。マイクに向かって、小さい声で、「ただいまテスト中。こちらはJA3MBN……」と試験電波のメッセージを流したが、どこかのテレビを妨害していると思うと気が気でなく、三回だけで止めてしまった。

翌日曜日に、私は日本橋まで部品を買いに行き、雑誌を見ながら夜遅くまでかかってテレビ用フィルターを作り上げた。それを持って次の日の放課後、母と一緒に与加郎に行った。母は手作りのおはぎを皿に入れ、それにナイロン袋をかぶせて持っていた。

玄関を塞いでいるがらくたに立ち止まってから、母は体を横にしてガラス戸を開けた。

私もその後に付いた。

「ごめんください」

母の声が暗い店内に響いた。テレビの音がしている。

「奥や」私は小声で母に言った。

奥に行こうとすると、与加郎のおっちゃんが襖の陰から姿を現し、靴を履いた。

「はい、はい」と言いながらおっちゃんがこちらに来た。右足を引きずるように歩いている。

「何か欲しいもんおましたか」と母を見たが、私に気づくと、「何や、お前か」と言った。

「私、この子の母親で、二筋向こうで美容室をやっております」と母はおはぎの皿を抱えながら頭を下げた。「すでにお聞きとは思いますけど、この子がアマチュア無線を始めまして……」

「わしには関係ない。ええから帰って」

「この子が申しますには、機械をちょっと取り付けるだけでお手間は取らせませんので、どうかお願いします」

私は手に持ったフィルターを見せた。与加郎のおっちゃんはそれをじっと見てから、「どこに付けるんや」と言った。

「アンテナからテレビに来てるケーブルの間に入れるんです」

「中は開けへんのか」

「開けません」

「どうかよろしくお願いします」と母が頭を下げた。

与加郎のおっちゃんはしばらく私の手許を見ていたが、やがて「まあ、ええやろ」と言うと私たちに背を向けた。右足を引きずるため、歩くたびに体が傾いている。畳の間に上がるときも、両手を使って右足の靴を脱がせた。靴下を履いた右足は確かに足の形をしていたが、堅い作り物を思わせた。義足とちゃうかと私は思った。

私はその後に続いて畳の間に上がった。母は敷居の上に腰を下ろして、おはぎの皿を滑らせるように差し出した。

「つまらないものですが」

「なんや、それ」

「おはぎです」

「わし、甘いもん嫌いや」

母ははっとした顔をし、皿を引っ込めようとした。

「せやけど、せっかくやからもろとくわ」

母は戸惑った顔で再び皿を押し出した。

私はテレビの電源を落としてから、ポケットに入れておいたニッパーでケーブルの途中を切った。ビニールの被膜を剝《む》いて銅線をねじり、フィルターを繋ぐ。そしてもう一度テレビの電源を入れて、画面を見た。どのチャンネルもきれいに映っている。白黒なので、色ずれ障害がないだけましかなと思った。

私は母に、電波を出してくるからチャンネルを切り替えて画面を見ておいてくれるように頼んで、家に走って帰った。

屋根裏部屋に上がり、テスト中のメッセージを五回ほど流してから、送信機のスイッチは切らずに与加郎に戻った。

「どうやった」息せき切って尋ねた。

「どこもきれいに映ってたみたい」母がチャンネルを切り替えながら答えた。

「僕の声、聞こえへんかった?」

「聞こえなかったわよ」

私はほっとした。自分でチャンネルを変えてどの局にも妨害が入っていないことを確認してから、「今、電波を出しっぱなしにしてますけど、この通りどこにも妨害は入ってません」と与加郎のおっちゃんに向けてチャンネルを回して見せた。

おっちゃんはテレビの画面に目をやって、「ああ、そうか」と気のない返事をした。

「茂、よかったわね」

「うん」

畳の間から降りて母は、本当にありがとうございましたと深々とお辞儀をした。私も、ありがとうございましたと頭を下げた。

外に出ると、ふうっと母は溜息をついた。

「あのおっちゃん、義足とちゃうか」と私が言うと、母はしーと唇に人差し指を当てた。

家に帰ると、私は屋根裏部屋に上がり、早速マイクに向かって「CQ、CQ……」と始めた。五分ほど呼び掛けていると、受信機のスピーカーから「JA3MBN、JA3MBN。こちらはJA3……」という応答の声が聞こえてきた。心臓が飛び上がった。

「JA3＊＊＊、JA3＊＊＊。こちらはJA3MBN。ジェイ、エイ、スリー、マイク、ブラボー、ノーベンバー。応答ありがとうございます……」

声が震えていた。同時に雲の上をふわふわ歩いているような幸福感に包まれていた。

それから毎日学校から帰ってくると、屋根裏部屋に籠もり、アマチュア無線に熱中した。夕食もそこそこに、テレビも見ないで見知らぬ相手と交信をした。交信した記念にQSLカードというものを交換するのが習わしだった。私は印刷したものを作っていなかったので、せっせと葉書に色鉛筆を使って「JA3MBN」と書いて投函した。

そのうち父が苦虫をかみつぶしたような顔で、無線ばっかりやっとらんと勉強せんかと怒鳴ったので、夕食までは勉強の時間に当てた。夕方よりも夜の方が交信相手がずっと多かったのだ。

そんな日が一週間ほど続いたある日、与加郎のおっちゃんから、また妨害電波が入っているという電話があった。

あれと私は思った。そのときは勉強していて、電波は出していなかったからだ。母にそのことを言うと、「とにかく行ってみなさい」と言う。別の電波を拾てるのかなと思いながら、私は与加郎に行った。

店の中に入ると、おっちゃんが古道具にはたきを掛けていた。埃っぽい店内がますます埃っぽく、私は思わず口を押さえた。

「おお、来たか」

私は早口で、妨害電波がいつごろ入ったかと訊いてみた。おっちゃんの答えは、私が勉強していた時間だった。

「その時間は電波を出してませんから、僕のと違います」

「ああ、そうか」

余りにもあっさりと納得したので拍子抜けしながら帰ろうとすると、「この前の皿、持って帰れ」とおっちゃんが奥からおはぎの皿を持ってきた。それを受け取って行こうとすると、今度は「ちょっと店の中、見ていけへんか」と言った。古道具に興味などなかったが、無下に断って絡まれたらかなわないという気持ちが働いた。

私が頷くと、おっちゃんは足を引きずりながら品物一つ一つを蘊蓄《うんちく》を傾けて説明した。キセルとか根付けとか、中には何に使うのかよくわからない道具もあった。

その中で私の目を引いたのは、ガラスケースに収まった鉄道模型だった。こんな店にどうしてこんなものがあるのかというくらい立派な模型が並んでいた。蒸気機関車や電気機関車、客車、貨物車、それにレールもあった。私が見詰めていると、「ええもんに目えつけるなあ」とおっちゃんが言った。「これはうちの中で一番高いやっちゃ」

私はもう一つ将棋盤にも目をつけた。二十センチほどの分厚さで、ナイロンのカバーが掛けてあった。薄い板の盤でしか将棋を指したことがなかったので、あんな盤で指したら気持ちがええやろなと思ったのだ。おっちゃんは「なかなかお前、目えが高いな。どや、おっちゃんと一緒に古道具屋やるか」と言って笑った。

私が将棋盤を触っていると、「どや、おっちゃんと将棋指せへんか」と言い、私が首を振ると、「わしに勝ったら、その将棋盤やるぞ」と言い出した。えっと私は思った。本気かなという気がしたが、この将棋盤で一度指してみたいという思いもあった。

しかしおっちゃんが出してきたのは、薄っぺらい盤で、駒も安物だった。

「あれで指したいねんけど」と棚にある将棋盤を指差すと、「わしに勝ったらお前のもんやから、好きなだけ指せるぞ」と言って取り合わなかった。

指し始めて十分ほどで私は負けてしまった。手玉に取られるという表現がぴったりだった。勝ったら将棋盤をやるなんて、全然本気やなかったんやと私は腹を立てた。

「もう一番どうや」というおっちゃんの声を無視して、私は店を出た。


それから二日ほど経って、夕方再びおっちゃんから、妨害電波が入っているという電話があったが、私は全然取り合わなかった。電波を出すのは夜だけだったし、夜には文句を言ってこないのだから自分のではないという確信があった。本当に妨害を受けているか怪しいもんやという気持ちもあった。

母が来て、「茂に替わって欲しいって」と言う。私は降りていき、しぶしぶ電話に出た。

「もしもし」耳から受話器を離しながら言った。

「四枚落ちでどうや」おっちゃんの声は低く、私は受話器を耳につけた。

「何のこと?」

「四枚落ちでわしに勝ったら、あの将棋盤やるで」

四枚落ちとは、飛車と角行と香車二枚を上手が落として指すハンディ戦である。私は気持ちが動いた。しかし「考えときます」と言って電話を切った。

私は自転車で大きな書店に行き、駒落ち将棋の本を買ってきた。そしてアマチュア無線の合間にそれを見ながら、戦型の研究をした。研究といっても、序盤の守り方と攻め方を丸暗記するだけだったが。

日曜日、私は与加郎に行った。おっちゃんは横になってテレビを見ており、私を見ると、「やっぱり来たか」と起き上がった。

私は本で覚えた通りの攻め方をした。おっちゃんは「研究してきよったな」と鼻で笑った。平手と違って手玉には取られなかったが、やはり私は勝てなかった。私は口惜《くや》しくて五番続けて挑んだが、粉砕されてしまった。惜しい一番というのもなかった。「まだまだ将棋盤はやれんな」と言って笑うおっちゃんを背に、私はがっかりして店を出た。

それから日曜日になると、私は一週間の研究成果を試すため、おっちゃんに勝負を挑んだ。そのうちもうちょっとで勝てるという一番が出てきて、私はますます闘志をかき立てた。

私とおっちゃんは将棋以外のことはほとんど話さなかった。それでも一度義足のことについて私が尋ねたことがある。

おっちゃんはズボンの裾をめくり上げて義足を見せてくれた。臑《すね》から下がなく、義足はプラスチックと木と硬いゴムでできていた。走れんのと訊くと、走れるわけがないとおっちゃんは笑った。

「どうしてそうなったん」

「戦争に決まってるやろ」

「あれ、おっちゃん戦争に行ったん」

「そうや。お国のために戦うたんや」

「おっちゃん、いくつのときに戦争に行ったん」

戦争に行ったのは、父くらいの世代だと思っていたから、意外だったのだ。

「そんなこと聞いてどうすんねん」

おっちゃんが急に不機嫌になった。私はあわてて「お父さんが中国に行ったのは二十五て言うてたから」と小声で言った。

「お前のお父さん、中国で戦うたんか」

「うん」

「わしは南方や。南方のフィリピンや」

「お父さん、脇腹に貫通銃創があるけど、おっちゃんのほうがすごいわ。傷痍《しょうい》軍人やんか」

そのころはまだ、白衣にカーキ色の兵隊帽を被り松葉杖を突いた人が街角に立って、道行く人からお金をもらっているのを見たことがあった。

「傷痍軍人なんか別にすごない」

おっちゃんがつまらなそうに言ったので、その話はそれで終わりになった。

私はアマチュア無線の話をしたことがある。おっちゃんが、何が面白いと訊いてきたからだ。

「全然知らん人と話すのが面白いねん」

「全然知らん人と何を話すんや。話すことがないやろ」

「そんなことないよ。アンテナとか送信機の話をしたり、天気とか飼ってる猫の話とか」

「天気なんかどこがおもろいねん」

「この前北海道の人と話したら、すっごい寒い言うてた。大阪と全然ちゃうねん」

「北海道と話したんか」

「そうや。運がよかったら、外国の人とも交信できるんや」

「外国人と話したんか」

「まだ話したことない。僕のん電話級やからあんまり遠くまで届けへんねん」

おっちゃんが、外国かと呟いたので、私は「おっちゃんもアマチュア無線やってみいひん」と言ってみた。

「わしが?」

「やったら結構面白いと思うけどなぁ」

「あかん、あかん」とおっちゃんは手を振った。「何も知らん人間と話す気なんかあれへん」

「やるんやったら僕が勉強した本、貸したんのになぁ」

いらん、いらんとおっちゃんは大袈裟に手を振った。


私の将棋の力がだんだんついてきて、四枚落ちでいい勝負をするようになった。

そんなとき、私がもう少しで勝つ寸前までいったことがある。おっちゃんが驚異的な粘りを見せ逆転されてしまったのだが、その一番が終わった後、口惜しくて歯がみする私に向かって、おっちゃんが「四枚落ちではもうあかんな。将棋盤をやるのは、二枚落ちで勝ったらにしよう」と言い出した。

私は頭に来た。

「そんなん卑怯やわ。四枚落ちでええ言うといて負けそうになったら二枚落ちやなんて。どうせ二枚落ちで負けそうになったら、今度は平手や言い出すんやろ」

私は将棋盤の駒を手でぐちゃぐちゃにしてから、立ち上がった。運動靴を履いて出口に向かう。そしてガラス戸に手を掛けたとき、「わかった、わかった」と背後から声が聞こえてきた。「四枚落ちや。四枚落ちで勝ったら将棋盤や」

私は振り返った。

「ほんと?」

「男に二言はない」

やったと言いながら、私は戻っていった。どこかで、怒ればこうなるんじゃないかと予想していたところがあった。

その後もう三番指したが、勝てなかった。

私が勝ったのは、次の日曜日だった。三局目に絶対優勢になり、私は震えた。おっちゃんは攪乱させようと様々な手を指してきて、それに私は惑わされたが、局面はひっくり返らなかった。最後の一手を指して、おっちゃんが「ついに負けたか」と言ったとき、私は両手を上げて、やった、やった、やったと叫んだ。

駒が安もんやったら将棋盤が可哀相やと、おっちゃんは駒も付けてくれた。私は意気揚々とそれを抱えて帰り、母に報告した。

ところがゴルフ練習場から帰ってきた父が、母から話を聞いて怒った。賭将棋をするとは何事だと言うのだ。私が、賭将棋と違う、向こうが勝ったらくれると言うたんやと説明しても、そんな高いもん貰たらあかん、さっさと返してこいと怒鳴った。

確かに子供の私から見ても、将棋盤と駒は高そうに見えた。埃の被ったビニールカバーを取ったとき、その美しさにびっくりしたほどだった。駒も飴色に光っていた。

私はしぶしぶそれらを返しに行った。おっちゃんは、一旦やったものを受け取るわけにはいかんと言ったが、父親に怒られるからと私は返した。

その代わり、おっちゃんは「これからはこの将棋盤で指そか」と言ってくれた。私はうれしかった。この将棋盤で指せるんやったら、貰たんと一緒やと思った。


夏休みが始まって、私は日曜日だけではなくその間の日もちょくちょくおっちゃんのところに行った。分厚い将棋盤に飴色の駒を置くと吸い付くようだった。私はテレビで見るプロ棋士がよくやるように、人差し指と中指で駒を挟んで指す練習をした。きれいに叩き付けると何とも言えないいい音がした。

四枚落ちでは二番に一回は勝つようになり、二枚落ちで指すようになった。途端に手も足も出なくなったが、そのうち強くなって平手でおっちゃんを負かしてやろうという意気に燃えていた。

扇風機に当たりながら、時には二人でアイスクリームを食べながら将棋を指した。

将棋を指していても客は滅多に来なかったが、夏休みが終わりに近づいたある日、「こんにちは」という男の声が聞こえてきた。おっちゃんは将棋盤から目を離さない。

「おっちゃん、お客さんやで」と私は言った。

「うん？」とおっちゃんは顔を上げた。

そのとき「おじさん、ご無沙汰しています」と男が姿を見せた。開襟シャツに灰色のズボンを穿《は》いており、タオルで首筋を拭いている。七三のきっちりとした髪で、四十過ぎに見えた。

「なんや、お前か」

「きょうはええ話持って来ましたんや」

「株やったらお断りや」

「そんな野暮な話、しますかいな」

男はそう言って敷居に腰を下ろした。おっちゃんはやれやれという顔で、尻を滑らせて男の隣に坐った。

男は鞄から新聞を取り出すと、「ここに面白い記事が載ってますねん」と指をさしておっちゃんに示した。おっちゃんは目を離して記事を見ていたが、やがて「老眼鏡取ってくれ」と言った。

私はテレビの上にある老眼鏡を取って、おっちゃんに渡した。男は私を胡散臭《うさん》そうな顔で見た。何やこいつと思いながら、私は将棋盤の前に戻った。

「要するに」と男が言った。「おじさんみたいに勤労動員で軍需工場に引っ張られて体に障害を負った者は、働いていたことを証明さえすれば金が貰えるいうことですわ」

おっちゃんは眼鏡を掛けて、まだ記事を読んでいる。

「おじさんの場合、ケンちゃんも亡くなってんねんから、その証明もしたら、ごっつ貰えまっせ」

おっちゃんは読み終わると、眼鏡を外した。

「わしには興味ないから帰ってくれ」

「何言うてまんねん。お国のために働いて、そんな体になってんから、堂々と国からお金貰たらよろしいがな。おじさんが書類集めんの大変やったら、私が代わりにやってあげまっせ」

「ええから帰ってくれ。わしは自分の体もケンジの死んだんも金に換える気はない」

「まあまあ、そう言わんと。折角国が補償したる言うてんねんから、素直に乗りはったらどうですか」

「ええから帰ってくれ」

「相変わらず頑固やな。まあきょうはこういう話があるということを言いに来ただけやから、また来ますわ」

「もう来んでもええ」

男は立ち上がると、「ところであの子どこの子でっか」とおっちゃんに顔を近づけながら私の方を見た。

「近くの美容室の子や」

「将棋相手でっか」

「そうや」

男はふーんと言って私を見てから、「いつもおじさんの相手してくれてありがとう」と手を上げた。私は曖昧に頭を下げた。

男が帰ると、おっちゃんは何事もなかったように将棋盤の前に戻った。

「わしの番か」

「うん」

おっちゃんはなかなか指さない。

「ケンちゃんて、おっちゃんの子供?」と私は訊いてみた。

「そうや」おっちゃんは盤を見ながら答える。

「空襲で死んだん?」

「そうや」

いくつやったと訊こうとして、止めた。おっちゃんがあまり話したそうには見えなかったからである。

私は戦争に行ったというおっちゃんの話と、今さっき聞いた話が矛盾していることに気づいていたが、そのことを糺《ただ》してみる気にもなれなかった。どちらにしても右足を失ったことには変わりがないと思ったからだった。


九月になって模擬テストがあり、私の成績の急降下が明らかになった。

父は怒り、まずアマチュア無線が禁止された。送信機と受信機が屋根裏部屋から撤去され、父の部屋の押入れに収まった。さらに放課後毎日、塾に行くことになり、私は宿題に追いまくられることになった。将棋どころではなくなった。

そんなある日、おっちゃんから電話があった。妨害電波が入っているというのである。

私はおっちゃんのところに行った。おっちゃんは駒を並べて待っていた。

「長いこと来えへんかったな。二枚落ち、勉強してたんか」

私は事情を説明した。

「そうか。それやったらしょうないな。高校に入るまで勝負はお預けや」

せっかく駒を並べてくれていたからと、私は一番だけ指すことにした。指し始めてすぐに、おっちゃんが力を抜いていることに気づいた。

「手を緩めんと、本気で指してえな」と私は文句を言った。

「わしは本気で指してるで」とおっちゃんはとぼけたが、それから厳しい手が多くなり、結局私は負けてしまった。

駒を駒箱に片付けていると、「高校に合格したら、何か入学祝いやろか」とおっちゃんが言った。

「何くれんのん」

「何が欲しい」

将棋盤はここで指せるからいいとして、と私は店の中を見ながら考えた。そしてどうせ駄目だろうと思いながら、「鉄道模型」と言ってみた。

おっちゃんはうーんと唸ってから、

「よっしゃ、やろ。そやから一所懸命勉強せえよ」

「する、する」

塾通いの受験勉強にうんざりしていた私の目の前に、具体的な目標が出現した気持ちだった。

「入学祝いをやる代わりに」とおっちゃんが言った。「高校に入ったら、わしにアマチュア無線のこと教えてくれへんか」

「アマチュア無線やんの?」

「わしにはもう無理か」

「無理ちゃう、無理ちゃう」と私は手を振った。「八十のひとでもやってるもん」

「そうか」

「それに、アマチュア無線で将棋指してる人もいてるで」

「ほう、そうか」

「何やったら、僕が勉強した本、おっちゃんに上げよか」

「あかん、あかん」と今度はおっちゃんが手を振った。「自分で勉強してもわかるわけがない。誰かに教えてもらわんと」

「わかった。高校に入ったら教えたるわ。電話級やったら、そんなに難しないもん」

私は帰る前にガラスケースの鉄道模型を眺めた。屋根裏部屋にレールを敷いて電気機関車を走らせている光景を想像すると、胸が高鳴った。

年が明け、三学期が始まってすぐのことだった。夜遅くまで勉強してベッドに潜り込んだ私の耳に、サイレンが聞こえてきた。遠くからだんだん近づいてくる。その合間に鳴る鐘の音も大きくなる。消防車や、どこやろと思いながら、私は徐々に眠りに落ちていった。

翌朝、朝ごはんを食べているとき、「昨夜消防車のサイレンが聞こえてたやろ」と私は母に言ってみた。

「そうね、かなり近かったみたいね」

「どこやろ」

「さあ、どこかしら」

そのとき、「おはようございます」と従業員の戸田さんが横の路地から入ってきた。

「先生、聞きはりました？　昨夜の火事、与加郎の隣から火が出たんですって」

私は口に入れていたご飯を飲み込んだ。

「おっちゃんのとこは燃えたん？」

「燃えたんと違う？　遠くからちょっと見ただけやけど」

私は箸を放り出して、靴を履いた。

外はこの冬一番の寒気が来ていたが、寒さは全く感じなかった。私は全力で走ったが、足が空回りしている感覚があった。

与加郎の筋に入る手前に、消防車二台とパトカー一台が止まっていた。大勢の人々が、ロープの張られたところから、火事現場を覗き込んでいる。私もその野次馬の中に潜り込み、ロープのところに出た。きな臭いにおいが鼻を突いた。

与加郎はと思って見てみると、見慣れた店先の風景はそこにはなかった。焼けこげた箪笥や石灯籠、熱で変形した洗濯機が水浸しになった道路に散乱していた。炭のようになった柱が何本か立っており、あちらこちらで水蒸気が上がっている。何軒かが焼け落ちていた。

私は野次馬の中を抜け、パトカーのところに行った。しかし中を覗いても誰も乗っていない。

周りを見ているると、一人の警官がやってきた。

「あのう、与加郎のおっちゃん、助かりましたか」と私は尋ねた。

「ヨカロ?」

「古道具屋の与加郎ですけど」

「ああ、あそこ。確か一人火傷《やけど》して運ばれたはずやけど」

「助かったんですか」

「いやあ、こっちではちょっとわからんなあ」

「どこの病院ですか」

「この辺やったら、たぶんT医大ちゃうか」

私は警官に礼を言い、家に走って帰った。そして母に、T医大に電話して与加郎のおっちゃんの容体を訊いておいてくれるように頼んで、中学校に向かった。

しかしおっちゃんはT医大に運ばれてはいなかった。夕刊には火事の記事が小さく出たが、重傷一、軽傷三と書いてあっただけだった。死者がなかったことに私はほっとした。

次の日、私は火事現場のすぐ側まで行ってみた。異臭も水蒸気も収まり、長屋になった三軒分がすっぽりと焼け落ちていた。

私は与加郎の出入り口だったところに立って、中を見た。燃え残った古道具の上に黒こげの屋根が落ちていた。私はガラスケースのあったところを見詰めたが、ぺしゃんこになっていた。

奥には畳がかろうじて見えており、その中に黒い固まりがあった。あれは将棋盤とちゃうかと私は思った。そのとき何とも奇妙なことに、おっちゃんとずっと将棋を指し続けていたらこんなことにはならなかったのにという後悔の念が湧いてきた。考えれば考えるほど、それは絶対そうだという気持ちが強くなっていった。

私は結局K高校に落ち、滑り止めで入った私立高校に通い始めた。

父は大学に入るまでアマチュア無線は駄目だと厳命したが、母が頼んでくれて何とか再開した。

与加郎の焼け跡はいつまで経っても、焼け残った柱のままだった。私はおっちゃんが戻ってきたときに備えて、電話級の本を読み直していた。

そんなある日、高校から帰ってくると、母が台所の椅子に坐っており、いきなり「与加郎のご主人、死んだそうよ」と言った。

「死んだ?」

「お客さんから聞いたんだけど、火傷が原因で多臓器不全になったんですって」

「そうなんや」

私は屋根裏部屋に上がり、送信機のスイッチを入れた。

「CQ、CQ。こちらはJA3MBN。ジェイ、エイ、スリー、マイク、ブラボー、ノーベンバー。どちら様かお聞きでしたら応答お願いします。こちらは……」

声が震えているのがわかった。与加郎のおっちゃんがどこかで聞いていて、妨害電波が入っていると怒鳴り声で電話を掛けてくる気がした。

遠景マーナ美容室——あとがきに代えて

守口市と大阪市の境目、もう少しで大阪市という場所にマーナ美容室はあった。母が自宅を改装して店を開いた。それがいつだったのかはっきりとした記憶はないのだが、第二室戸台風が大阪を襲ったとき、店のガラスドアに掛かったカーテンの隙間から向かいにあった風呂屋の煙突が倒れるのを見たので、小学四年生のころだろうと推測している。

美容室を開く五、六年前まで同じ場所で祖母と二人でうどん屋を営んでおり、閉店してからもたまに客がやって来ることがあった。

母がなぜ美容室を開こうと思ったのか。作品の中でも触れているが、三人の息子の教育を考えたら、父の給料だけでは不安があったのだろう。美容師の資格を取り、三年ほど他の店で働いてから開業した。

銀行から六十万円の資金を借りるときは清水の舞台から飛び降りる気持ちだったと聞いたことがある。従業員を雇い、新聞に当日値引きを謳った新規開店のチラシを数千枚も挟んだが、午前中は一人の客も来なかった。青くなった母の顔が想像できる。昼ごろに美容用品を納めてくれた問屋の社長が来店し、「そんな景気の悪い顔で坐ってても、お客さんは来ませんで。みんなで呼び込まな」と率先して外に出て、声を張り上げてくれた。そのお蔭か、午後からは客が殺到し、夜遅くまで夢中で働いたという。

母は福井生まれだが、七歳のころ父母が相次いで亡くなり、東京で一家を構えていた長男の下に引き取られ、そこで育った。親類に陸軍の偉いさんがいて、戦争中も物資に事欠かずお嬢さんとして高等女学校にも通った。東京の言葉が最後まで抜けなかったのはそのためである。

戦後、結婚して大阪に来たとき、こんなせせこましいところで生活しなければならないのかと暗然としたらしい。それでも子供が生まれると必死になって働かざるを得ず、次第に大阪にも馴染んでいったという。

佐田啓二《さだけいじ》という俳優が亡くなったのは昭和三十九年（一九六四）とあるので、私が中学一年のときか。従業員の女性たちが何やら騒いでおり、その一人の望月《もちづき》さんが「よっちゃん、佐田啓二が死んだのよ」と興奮気味に教えてくれた。私はその名を全く知らなかったので「誰」と聞いたが、「佐田啓二、佐田啓二よ」と繰り返すのみだった。その日の夕刊だったか、新聞で彼の略歴を知って、ああ、そうだったのかと納得はしたが、女性たちの興奮ぐあいは私には伝わらなかった。

結婚したばかりの望月さんの夫が交通事故で亡くなったのは、そのすぐ後のことだった。佐田啓二と同じ交通事故死だったことに私は何か因縁めいたものを感じたが、そのことを口にしてはいけないことはわかっていた。母と話し合っている望月さんは事実を淡々と受け入れている顔で、佐田啓二のときの興奮は微塵もなかった。

店の近くでアパートを借りて新婚生活を送っていたから葬儀も近くで行われたと思うが、その記憶は全くない。望月さんは滋賀の実家に帰ることになった。開店以来の従業員で中堅を担っている彼女に辞められるのは痛かったのだろうと思う。母は懸命に説得したようだが、彼女の両親の意向もあって一旦辞めることに同意し、気持ちが落ち着いたら戻ってきてほしいと伝えた。

しかし望月さんは戻ってくることはなく、実家近くで美容室を開き、再婚し、子供を育てることになる。美容室を開くときには母に相談に来たらしく、そのこともあって母と望月さんの付き合いは、その後も続いた。

母が美容室をやめたとき、その慰労の意味もあったのか、望月さんが訪ねてきたことがあった。久し振りに見る望月さんは、貫禄というか太り気味の体に自信が漲《みなぎ》っているようにみえた。

「先生、やめるのもったいないわ」挨拶の後の開口一番がこれだった。母は笑って首を振り、子供たちも一人前になったし、やりたいことがいっぱいあるからと答える。

「よっちゃん」と望月さんは私に顔を向けた。「よっちゃんが美容師になるか、美容師のお嫁さんをもらって後を継げばよかったのに」

冗談っぽい言い方の中に批難めいた口ぶりを感じて私は恐縮してしまった。大学を出たにもかかわらずアルバイトに明け暮れていることを知っているのだろう。私は何も答えず、笑ってごまかした。

確かに母は三人の息子たちの一人でいいから後を継いでほしいと思っていた節がある。男性のカットモデルとして見習いの従業員に髪を切ってもらったり、和服の着付けモデルになったこともある。母が二号店を豊中の庄内にオープンさせたときには、どういう理由だったか母に連れて行かれた。今から思えば、経営に興味を持ってあわよくば手伝ってくれたらと思っていたのかもしれない。残念ながら私には美容師にも美容室の経営にも全く興味がなかった。三歳年上の兄は私よりずっとファッションに興味があったが、父の死後、公務員を辞め、アメリカに英語留学に行ってしまった。四歳年下の弟に母が期待したのかどうかは知らない。

母の死後、弟から「大学四年生になったとき、学費は払ってあげるけど仕送りはしないって言われて焦ったよ」と聞いて驚いたことがある。家庭教師や飲食店のアルバイトで一年間を何とかしのいだらしい。二号店が三年足らずで閉店を余儀なくされたころと重なっており、「人を使うのは難しい」と母がこぼしていたのを覚えている。資金繰りが苦しかったとは全く気づかず、母にも弟にも申し訳ないことをしたと思うが、気づいたとしても母を助ける気持ちになったかどうかは怪しい。いっそのこと全部畳んだらと言ってしまったかもしれない。

美容室で働いていたのは資格を持った者ばかりではなく、見習いの女性もいた。仲ちゃんこと仲北《なかきた》さんもその一人で、中学卒業と同時に開店まもないマーナ美容室にやって来た。細身でなよなよとした体つきだった。五歳しか年が離れていないので姉のように思ってもおかしくないのだが、そんな気持ちには全くなれず、ずっと年上の大人という感覚があった。

私が見習いの女性に姉という感覚を持ったのはそれから何年か後、隠岐出身の従業員の紹介で、高校を中退して入ってきた山口さんだった。彼女をモデルに作品を書いているのでここでは詳しく書かないが、近くのアパートを借りて住み込みのように働いていたことがそういう感覚にさせたのだろう。仲北さんのように通いではなく、朝晩同じテーブルを囲んで食事をするのは大きい。彼女がテレビで目にする女優と同じくらい綺麗だったことも。

ただ仲北さんは仲ちゃんという愛称を今でも覚えているくらいだから、私だけではなく兄や弟とも仲がよかった。人見知りの私も気さくに話せる相手だった。

大学生のときだったか、店の慰安旅行に付いていったことがある。行き先は琵琶湖で、昼食の後、早速ビーチに出かけた。他の女性たちは濃い色のワンピースの水着で海の家から出てきたのに対して仲ちゃんはバスタオルで胴体を覆っている。何してんのん、はよ取りいなと一人に突っ込まれている。なんや、恥ずかしいわあと仲ちゃんは体をくねらせる。ははん、ワンピースではなくセパレーツを着てきたんやなと私は気づいたが、果たしてその通りだった。化粧品のポスターに見るような白いセパレーツだった。臍《へそ》が見えている。胸のところにパッドが入っているのか、やけに大きく見え、私はどぎまぎして視線を向けないようにした。

しばらくすると平気になったのか、仲ちゃんは陽光の降りそそぐ湖に入って他の従業員たちと水を掛け合ってはしゃぎ始めた。私は遊泳区域を示すブイまで泳いで仰向けになり、ゆったりとした波にひとときを身を任せてから岸に戻った。

砂浜のビニールシートに寝転んでいると、仲ちゃんがやって来て「ねえ、よっちゃん。レットイットビーってどういう意味」と聞いてきた。

「え？」

「今流れてるやん」

確かに海の家からビートルズの「Let it be」が聞こえている。新しくリリースされたばかりの曲だったが、その意味を考えたことなどなかった。

「レットは何々させるということやから……それをビーである状態にさせておくという意味で……」

私は頭をフル回転させ、えいとばかりに「それをあるがままにしておけっていう意味やと思うけど」と呟くように言った。

「あるがままになんや。ええ言葉やなあ」

仲ちゃんはレットイットビーと小さく呟いた。

後で調べて、自分の言ったことがあながち間違っていないことを知ってほっとしたものだった。

仲ちゃんが何回見合いをしたのか知らないが、ある日、見合いの相手に手料理を食べさせることになって母からロールキャベツの作り方を教えてもらっている場面に出くわしたことがある。母の指示に、仲ちゃんが「はい」と頷きながら手を動かしている。そんな付け焼き刃で大丈夫なのかと私は思ったが、彼女の真剣な表情を見て、軽口を叩くこともできなかった。

結果はどうやらうまくいかなかったようで、付き添った母が肩を落として帰ってきた。美容師という職業が低く見られていることに落胆したようで、「世間の評価はまだまだそんなものなのよね」とつぶやいた。

「そんなところへ嫁に行かなくてよかったやん」と私が言っても、母の顔は晴れなかった。仲ちゃんが結婚したかどうかは知らない。ただ、自分の店を持ったことは聞いている。

見習いで入ってくる女性は中学か高校を卒業してすぐの場合が多いのだが、遠山《とおやま》さんは二十代半ばの入店だった。家が貧しく母親も病弱で、美容師という資格を取って家族をずっと支えたいため事務職を辞めてきたということだった。母も事情を聞いて、一年以内に資格を取らせようと親身になって指導したが、うまくいかなかった。

不合格がわかった日、母は「絶対に受かると思っていたのに、おかしいわ」と口にした。集まっていた他の従業員も、遠山さんが落ちるんやったら私らも落ちてたわとか、試験官どこ見てんのやろとか口々に言って、大丈夫、次は受かるってと肩に手を置いたりした。遠山さんはうつむきながら、学科で失敗したかもしれませんと呟くように答える。全員が遠山さんを慰める中、一人だけ白けた表情でその様子を見ている見習いの女性がいた。和歌山県の十津川村から高校卒業後に入ってきて、遠山さんと同時期の美容師試験を受けたKさんだった。私は受かったんですけどとKさんがぼそりと言うと、母が顔を向けて「そうね、おめでとう」とあっさり言って、再び遠山さんの慰めに戻る。

さすがにそれはないんじゃないかと私は思ったが、そうなる理由もわからないではなかった。

入ってきた当初はいかにも田舎の娘という印象で垢抜けなかった彼女が化粧を覚え、髪形も変え、次第に綺麗になっていく。田舎から一緒に大阪に出てきた同級生の誘いを受けて夜の街に繰り出す。男の声で電話がかかってくる。Kさんは近くのアパートに住んでおり、門限の九時になると母が様子を見に行くことをしていたようだ。

それを破ったのだろう、母がKさんに説教をしている場面に出くわしたことがある。

「あなたの親御さんから私はあなたを預かっているのよ。だからあなたをきちんと育てる責任があるの。門限を決めているのもそのため。わかってるでしょ。夜遊びするのは成人になってからにしてちょうだい」

頭を下げて聞いていたKさんは「ごめんなさい」と神妙に答える。しかしそれからも門限破りはあったようで、近ごろの若い子はわからないわとか、色気づくのが早いわとか他の従業員に愚痴をこぼしているのを聞いたことがある。

Kさんは美容師免許を取ってすぐに大阪市内の美容院に移った。遠山さんは試験勉強に専念するために店を辞めたが、一年後免許を取得して戻ってきた。

何年か働いたとき、店の客から見合い話が持ち込まれた。そのとき遠山さんのつけた条件が「美容師を辞めないことと入信している宗教を認めてくれること」だったらしい。宗教という言葉に最初は違和感を覚えたが、次第に遠山さんならあるかもと思えた。見合い話はうまくいき、彼女は夫の赴任先に引っ越していった。


母の姉である伯母から親類の子を預かってくれと言われ、やって来たのが和田さんだった。中学卒業と同時に見習いになった。私と同い年だったので、何となく接しづらい感じだった。

一年ほど経ったころだろうか、母から「和田さんに数学を教えてやって」と言われた。

「えー」と私は声を上げた。意味がわからないのと嫌だなあという気持ちが入り混じっていた。

「和田さんがNHK学園に入ったのよ。それで数学が急に難しくなったらしいわ」

どうやら親御さんの意向で、高校だけは出ておいてほしいということらしかった。NH

K学園というのはNHKの番組を観て学習する、一種の通信制の高校で、当時は四年制だった。私はそんな学校があるのを知らなかったので、へぇーと思ってしまった。美容師になる勉強も結構大変なのに、高校の勉強なんてできるのかと思ったが、口には出さず「ええよ」と引き受けた。

閉店後の店内で鏡の並んでいる側だけ照明を点け、その前のカウンターに横並びになって教えるのである。横並びといっても、彼女は丸椅子、私は客の座る椅子に腰をかける。丸椅子を二つ並べて坐ることもできたが、窮屈で近づきすぎることを嫌った私が最初からそういう形にした。

彼女がカウンターに教科書とノートを広げてわからないところを尋ね、私が身を乗り出してそれに答える。高校二年の私にとって、一年前に習った三角関数なのでわからないことはないのだが、それでも前日に復習していた。雑談などは一切せず、家庭教師に徹すると決めていた。そんな私の態度が相手にも伝わったのか、彼女は私の言ったことに対して「はい」「はい」「そうですか」などと目上に対する言い方を崩さなかった。

私の家庭教師役は五、六回で終わったと思う。東京で初めてスクーリングを受けてから教えることもなくなったので、誰か友達ができて手紙で教え合っているのかもしれなかった。私がほっとしたことは言うまでもない。面白いことに、家庭教師をやらなくなって彼女と同級生のようなため口で話すことができるようになった。全国から集まったスクーリング生に接したことが彼女の頑張りを後押ししたのだろう、四年後無事に卒業し、そのときには美容師免許も取得していた。

仕事ぶりは超がつくほど真面目で、見習いのときから洗髪が丁寧だということで指名が入るほどだった。母としては結婚しても店の中堅として働いてほしかったようだが、二十五歳のとき親の勧めで見合いをし、地元に帰ってしまった。そして子供が生まれると美容師を辞め、子育てに専念するようになった。送られてきた写真を私も見せてもらったが、赤ん坊に頬ずりしている彼女の笑顔は、もう母親の顔だった。

初めて男性が見習いとして入ってきたのは、私が大学に入ってすぐだったろうか。夏休みになって名古屋の大学から帰ってきたとき、見慣れない若い男が店の奥にある台所で昼食を食べていた。人見知りの私はうまく言葉が出せず、会釈だけして二階に行こうとした。そのとき、店に通じるドアが開き、母が姿を現した。

「あ、義明《よしあき》、帰ってきたの、お帰り」

「ただいま」

そのまま階段に上がろうとすると、「義明、この人知ってるでしょう」と母は若い男に目をやった。若い男は箸を置いて立ち上がった。

えっと思いながら男の顔を見つめていると、「奥村哲也《おくむらてつや》です」と彼は笑いかけてきた。それでもピンとこない顔をしていると「角の薬屋の……」と言い、それでようやく思い出した。小学校の高学年のとき、一緒に遊んでもらった薬屋のてっちゃんだった。あのころ高校生だったてっちゃんが彫りの深い顔をした大人の男になって目の前にいた。

「ああ……」

「奥村さんはね、美容師になるためにうちのところに来たのよ。仲良くしてあげてね」

母が言うと、「よろしくお願いします」とてっちゃんは頭を下げた。私も口の中で同じ言葉を呟きながら会釈をしたが、それ以上何を言ったらいいのかわからなかった。母の言った「仲良く」が何を意味するのかわからなかった。短い沈黙を打ち消すように「義明も荷物を置いて昼ご飯を食べなさい」と母が言い、私はほっとして二階に上がった。

てっちゃんが美容師を目指すというのが、私の中でうまく結びつかなかった。当時、男性美容師というのが珍しくて、ピンとこなかったのだ。「これからは男性美容師が増えてくると思うし、そうあってほしい」と母は言ったが、それは三人の息子に言っているようにも聞こえたし、男たちが大勢入ってくることによって美容師という職業の地位が上がることを望んでいるようにも聞こえた。

昼食時にてっちゃんと顔を合わせることがあっても、話らしい話はほとんどしなかった。彼が気を遣って大学のことなどを聞いてきたときに、それに答えるということはあったが。子供のころ、三角ベースの野球やドッジボールをしたときなど、てっちゃんの運動神経の良さはピカイチで、私は子供心にもてっちゃんは何かのスポーツ選手になるものとばかり思っていた。その彼が美容師になるということに、どこかがっかりする気持ちがあったのだろう。

夏休みが終わって名古屋に戻ると、学生運動が活発になっていて、てっちゃんのことなどすっかり忘れてしまった。そして冬休みになって年末に帰ってくると、てっちゃんはもういなかった。東京の名の知れた男性美容師の許《もと》に行ったとだけ聞かされた。その後てっちゃんがどうなったかは全く知らない。

母が兄の結婚を機に美容室を閉じたのは六十歳になるかならないかのころだった。店を改装して兄たちの住居にし、母は近くにすでに建てていた家に移った。

思えば二十年足らずの美容室だったが、私にはもっと長かったという感覚がある。おそらく子供時代の十年間が含まれているせいでそう感じるのだろう。

母は茶道と華道の師範の免許を取って人に教え、さらには俳句、日本画、それらを組み合わせた俳画にも挑戦した。仕事も子育ても終え、還暦以降の第二の人生を謳歌したと言える。

そんな母が認知症の症状を見せ始めたのは八十半ばのころだった。医者の診断はアルツハイマー型認知症で五、六年もすれば身内の顔も忘れてしまうかもしれないということだった。兄は子供の喘息《ぜんそく》を軽減するため、明石に近い神戸の西に建売住宅を買って引っ越していた。私は結婚しても近くに住んでいたので、一人暮らしの母の様子を窺う役目を担った。九十歳のとき階段を踏み外して大腿骨頸部を骨折し、人工骨を入れる手術をし、もう一人暮らしはできないということで、兄が母を引き取った。認知症が進行し、施設に入れたのが四年後のことで、私は初めて出版した歴史小説の本を持って施設に行った。

施設は明るくて清潔で、母の一人部屋も光が溢れていた。最初、兄のことがわからなかった母も「いつも来てるやんか。息子のト、モ、ア、キ」と兄が自分を指さすと、「ああ、友昭か」と顔を綻《ほころ》ばせた。兄が電動ベッドの背を起こす。頰はいくぶんこけていたが、しっかりとした目で私を見た。

しかし母は私のことがわからないようだった。二年前はすぐに私のことを義明だとわかって涙を流した母が他人を見るような目で見ている。

「お母さん、次男の義明やで。覚えているやろ」

兄がそう言っても母の表情は変わらない。私は取り敢えずここに来た目的だけは果たそうとバッグから本を取り出した。そして「これ、僕が書いた本」と言って、母の目の前に差し出した。本好きの母ならこれで興味を持って私のことを思い出してくれるのではという期待もあった。

しかし母は本を手に取ろうともしない。私はすぐに本を引っ込めた。一緒に来ていた私の妻が施設のことについて兄と話している。その様子をにこやかに見ていた母がキッとした表情になって私に目を向けた。

「いつまでここに閉じ込めておくの」

怒りの籠もった声だった。私は戸惑った。息子だと認識して放った言葉だったのか、そうではないのか。何と答えたらいいのかわからず、私は曖昧なまま首を振った。私のことを施設の人間だと思ったのだろうというのは後から思ったことだった。

結局、本は渡せず、施設を後にした。

それ以後、母に会いに行かないまま、三年後、老衰のために九十八歳で亡くなった。

初出誌

「ある死」　（一九八三年「作家」四一二号）
「涼　子」　（一九九四年「せる」四二号）
「矢野さん」（一九九八年「せる」五〇号）
「ゴ　ン」　（二〇〇一年「せる」五七号）
「与加郎」　（二〇〇四年「ジラフ」一号）

※刊行にあたって、適宜、改稿しています。

著者プロフィール

津木林 洋（つきばやし・よう）

1951（昭和26）年生まれ。名古屋工業大学電気工学科卒業、大阪文学学校第Ⅰ次本科47期修了。小説「贋マリア伝」で第92回直木賞候補。大阪文学協会理事。

著書：『維新に先駆けた絵師　とつげん・いっけい』（中日新聞社、2016年）

遠景《えんけい》マーナ美容室《びようしつ》

二〇二四年一月一五日　初版第一刷発行

著者　津木林《つきばやし》　洋《よう》

発行　株式会社文藝春秋企画出版部

発売　株式会社文藝春秋

〒一〇二―八〇〇八

東京都千代田区紀尾井町三―二三

電話〇三―三二八八―六九三五（直通）

装丁　山内　宏一郎

印刷・製本　株式会社　フクイン

万一、落丁・乱丁の場合は、お手数ですが文藝春秋企画出版部宛にお送りください。送料当社負担でお取り替えいたします。

定価はカバーに表示してあります。

ISBN978-4-16-009058-3